1958,
위험한 심부름

1958,
위험한 심부름

김일광 장편소설

단비
danbi

차례

들불

저녁 늦게까지 끙끙거리며 기미 독립선언문을 외우고 있었다. 수업 중에 장난치다가 걸리는 바람에 받은 숙제였다.

오등은 자에 아 조선의 독립국임과 조선인의 자주민임을 선언하노라….

머리를 쥐어박아 가며 외워 보려고 애를 쓰는데 갑자기 붉은빛이 방문을 덮쳤다. 섬뜩한 기운이 등줄기를 타고 내렸다. 화들짝방문을 열고 뛰쳐나갔다. 장흥 쪽에서 불길이 일어나고 있었다. 가슴이 덜컥 내려앉으며 다리가 휘청거렸다. 하지만 기를 쓰며 소리를 질렀다.

"어, 어! 불, 불이야!"

들녘에는 거센 불길이 마구 날뛰고 있었다. 우리가 소작으로 부치던 보리밭이었다. 확실했다.

"난데없이 뭔 소리야?"

옆방에서 나오는 엄마 얼굴에도 불빛이 덮쳤다.

"아니, 이게 무슨 일이야! 보, 보리밭에 불이…."

엄마는 툇마루에 선 채 발을 동동 굴렀다.

"장흥 들판이야. 우리가 부치던 밭 맞지?"

"맞네. 어! 저쪽 솔안에도."

그러고 보니 또 다른 곳에서도 불길이 치솟고 있었다.

"아니, 몇 군데나 난 거야?"

밤하늘이 검붉게 타기 시작했다.

괴동 밀밭에서도 불길이 치솟았다. 마을은 이글거리는 불길에 휩싸였다.

"아, 무서워라. 전쟁 난 지 얼마나 지났다고. 또….'

엄마는 포격으로 온 마을이 불타던, 10년도 채 지나지 않은 6.25를 생각하며 몸서리쳤다.

뒤이어 사람들 고함 소리가 들렸다. 불길을 본 마을 사람들이 불을 잡으러 달려가고 있었다.

"니 아버지는?"

엄마가 허둥대는 소리로 물었다.

"아까 순이네 집에 갔잖아."

"맞아, 그랬지. 내 정신 봐라. 넌 꼼짝 말고 집에 있어."

엄마는 신을 끌면서 뛰어나갔다.

"불 끄러 가지 않고?"

엄마는 손을 내저으며 내게 눈을 부라렸다.

"나대지 말고 얼른 들어가."

엄마는 불을 잡으러 가는 게 아니라 아빠를 찾으러 순이네 집으로 달려갔다.

엄마가 어둠 속으로 사라지고, 나는 대나무 바지랑대를 움켜쥐고 괴동 밭으로 달려갔다. 불을 잡고 있는 어른들 틈에 끼어들었다. 불 머리를 내리치면서 불길이 번져 나가지 못하게 하였다. 봄 가뭄 끝에 바짝 마른 보릿대와 밀대는 요란한 소리까지 내면서 타들어 갔다. '훅 훅' 다가오는 불길과 연기가 사람들을 위협했다. 검붉은 불길에 맞서서 마을 사람들도 물러서지 않았다. 불길과 밀고 당기며, 사람들이 지쳐 갈 때쯤 불길이 간신히 잡혔다. 적게 잡아도 학교 운동장 서너 개 넓이를 태우고 불길은 멈추었다. 솔안과 장흥 쪽에도 불길이 수그러들고 있었다. 다행히 바람이 잠잠해 준 덕을 본 셈이다.

마을 사람들은 놀란 가슴이 차츰 가라앉자 서로 얼굴을 살피며 고개를 갸웃거렸다. 곧 추수를 앞둔 보리밭에 불이 나다니 이해할 수 없다는 얼굴들이었다.

"이 무슨 해괴한 일이야?"

"그러게. 이건 분명히 누가 불을 지른 거야."

"목숨 이어 주는 곡식에 불을 내다니 천벌 받을 짓이지."

그때 어둠 속에서 아빠가 불쑥 나타나면서 소리를 높였다.

"아유 역하네, 이 기름 냄새. 기름을 뿌리고 불을 지른 거야."

아빠가 하는 말을 들은 사람들은 그제야 코를 킁킁거리며 고개를 갸웃거렸다. 뒤늦게 역한 기름 냄새에 코를 막았다. 모두 불을 잡는 데 온통 정신을 쏟느라 냄새에 신경 쓰지 못하고 있었다.

"불을 지른 게 도대체 누구야?"

마을 사람들이 불길 뒤에서 나타난 아빠에게 물었다.

"내가 그걸 어떻게 알겠소. 불을 지르고는 도망쳤지. '내가 그랬소' 하고 자릴 지키고 있겠소?"

아빠 뒤에 서 있던 순이 아버지가 말을 받았다.

"여, 여기도, 저기도, 또 저, 저 건너에서도 불이 같이 일, 일어났다고요. 하나가 아니라 여럿이서 불을 질렀다고요."

순이 아버지는 혀가 꼬여 있었다. 술 취한 게 분명했다. 비틀거리며 불이 났던 곳을 가리켰다. 마을 사람들은 술 취한 순이 아버지를 외면했다. 아주 무시하는 눈빛이었다. 아빠가 순이 아버지를 감싸려고 급히 말을 이었다.

"맞아요. 한 사람이 불을 지른 게 아닌 것 같소. 누군가가 계획적으로 불을 낸 게 확실해요."

아빠 말에 사람들은 고개를 갸웃거렸다.

"그것 참 이상한 일이지. 곧 추수할 논밭에다 계획적으로 불을 놓다니 그게 말이 될 소린가?"

"그러게. 민의원 선거*가 끝난 뒤에 마을 분위기가 좀 이상해졌어. 선거를 다시 한다지? 그런 소문도 들리던데."

마을에 민의원 선거는 무효가 되었다는 소문이 돌고 있었다. 사람들은 그 이야기를 꺼내고 있었다. 아빠는 그 이야기가 나오자 슬그머니 돌아섰다. 선거운동을 막으려는 괴한들을 피하여 보리밭에 숨어 있던 아빠 모습이 떠올랐다. 소름이 오싹하니 돋았다. 나는 이내 머리를 흔들었다. 건들거리며 우리 집을 감시하고 위협하던 그 청년단이라는 괴한들과 경찰들을 다시는 만나고 싶지 않았다.

"그놈의 민의원 선거가 뭔지."

마을 사람들은 아빠 눈치를 살피며 입을 다물었다.

뒤늦게 소방차와 경찰이 달려왔다.

앞에 선 경찰이 마을 사람들에게 아주 을러대는 말투로 물었다.

"어떻게 된 거야? 불 지른 놈이 누구야?"

"우린 몰라요. 우린 불을 껐을 뿐이요."

경찰 앞에서 마을 사람들은 겁부터 먹었다.

"정말 몰라? 그렇잖아도 선거 땜에 골치 아파 죽겠는데 어떤 놈

---

* 1958년 5월 제4대 국회의원 선거, 양원제로 민의원과 참의원이 있었다.

이 불까지 지르고 난리야."

버럭 고함부터 내지른 경찰관이 마을 사람들을 찬찬히 훑어보았다. 마을 사람들은 슬금슬금 뒷걸음을 쳤다. 눈치 빠른 사람들은 벌써 꽁무니를 빼고 있었다.

나는 마을 사람들 뒤쪽에서 머뭇거리고 있는 아빠 옷자락을 잡아당겼다. 아빠는 못 이긴 채 돌아섰다. 순이 아버지도 슬그머니 우리를 따랐다.

"이봐, 거기!"

"저, 저 말이요?"

순이 아버지가 주춤거렸다.

"아니, 이번 민의원 선거 무효에 엄청난 공을 세운 그 앞쪽."

그의 손가락이 찌르듯 아빠 등을 가리켰다. 아빠가 돌아서려고 하였다. 나는 아빠 팔을 힘껏 잡아당겼다.

"가만있어 봐."

아빠는 기어이 내 손을 떨쳐 내고는 돌아섰다.

"나 말이요?"

아빠도 숙이고 들 기세가 아니었다.

"기세등등하시군. 선거 무효가 곧 승리다, 이 말이야!"

"승리는 당신들이 했잖소. 선거 무효는 법원에서 판단했고."

그는 방망이로 자기 손바닥을 툭툭 치며 빙글빙글 웃었다.

"그런다고 네가 미는 후보가 될 것 같아? 어림없지."

"길고 짧은 건 대 봐야지요."

아빠도 마주 서서 쏘아보았다.

"재선거에서 다시 붙어 보자, 이 말이지?"

"예에, 이번에는 정정당당하게 하지요. 양심이 있다면."

"우리가 부정선거를 했다는 거야, 뭐야? 그 증거 있어?"

"증거는 차고 넘치지요, 법원이 모두 갖고 있겠지요."

"지금 경찰에게 시비를 거는 거야? 네놈들 때문에 우리 경찰이 골치 아파졌다고."

불이 난 원인을 조사하고, 불 지른 범인을 찾으러 온 경찰이 엉뚱하게도 아빠를 붙들고 시비를 걸었다.

"그, 그만 가세."

잔뜩 겁을 먹은 순이 아버지가 아빠 어깨에다 대고 속삭였다.

"그래. 저 주정뱅이 말이 맞네. 오늘은 이쯤서 그만하지. 그러나 네놈은 나와 곧 만나게 될 거야. 그리 알라고."

경찰은 버럭버럭 소리치고는 돌아섰다.

"그리 알라고?"

아빠는 그의 말꼬리를 한 번 되씹었다.

매캐한 냇내가 들판과 마을을 덮었다.

따라오는 사람이 없는 것을 확인하고는 아빠에게 물었다.

"아빠가 어떻게 거기 있었어?"

아무리 생각해도 아빠가 불길 뒤에서 나온 게 이상했다.

"거기라니?"

"불길 뒤에서 나왔잖아."

아빠는 뜨악한 얼굴로 나를 보다가 황당하다는 듯 버럭 소리를 질렀다.

"불에 앞뒤가 어디 있어. 불길을 잡으려고 따라가다 보니 그쪽으로 간 거지."

엄마가 달려 나오는 바람에 더 이상 묻지 않았다.

"당신, 불 끄러 갔소?"

엄마는 아빠 아래위를 훑어보았다.

"이 밤에 뭐가 보인다고 그렇게 살펴 대?"

엄마가 목소리를 낮추었다.

"순이 아버지와 같이 있었소?"

그제야 돌아보니 순이 아버지가 보이지 않았다. 같이 오다가 다른 길로 빠진 모양이었다.

"여기까지 같이 왔는데?"

아빠보다 내가 먼저 대답했다. 아빠도 피식 웃으며 말을 받았다.

"당신이 가 보라고 했잖아. 불러내서 가족과 잘 살아 볼 궁리를 해 보았지. 그런데 우리 처지에는 뾰족한 방법이 없더라고."

"잘 살고 자시고 할 것도 없네요. 순이 엄마가 기어이 보따리 쌌소."

"그게 뭔 소리야?"

아빠가 깜짝 놀라서 되물었다.

"술만 마시면 두들겨 패는데 살 맘이 있겠어요."

"그사이에 집을 나갔단 말이야?"

"당신이 순이 아버지 데리고 나간 사이에 가 버렸어요."

"아이구나, 이 일을 어쩌지?"

아빠가 혀를 끌끌 찼다.

"넌 아빠하고 큰 방에서 자거라."

엄마가 갑자기 엉뚱한 말을 했다.

"왜?"

"네 방에는 순이하고 내가 자야겠다."

"뭔 소리야. 안 돼!"

짜증스럽게 소리쳤다.

"그럼, 순이는 어떡하라고. 아버지 피해 집 나온 아이 울리지 말
고 네가 양보해."

엄마를 이길 수는 없었다. 속이 부글부글 끓었지만 참을 수밖에
없었다.

"그렇게 해. 머슴아가 여자애와 같이 있을 거야?"

아빠가 내 머리를 쿡 쥐어박았다.

"으이그."

순이는 이미 내 방에 쪼그리고 있었다. 순이가 아빠와 나를 보더

니 부스스 일어났다. 엄마가 그런 순이를 다시 주저앉혔다.

"오늘 밤은 우리 집에 있는 게 좋겠다."

순이 아버지가 엄마를 찾아오라며 순이를 달달 볶아 댈 게 뻔했기 때문이었다.

"아유, 불쌍한 것."

엄마는 길게 한숨을 내쉬며 웅얼거렸다.

이상한 6월 1일

6월 1일, 참 유별나고 이상한 하루였다. 왜 그 날짜를 정확히 기억하냐면 바로 내 생일이었다. 음력으로 4월 14일. 내가 세상에 태어난 생일인데 생일상은커녕 느닷없이 일어난 불 때문에 숯검정이 되고, 방까지 빼앗기고 말았다. 내 생일은 늘 그냥 그렇게 지나가곤 했다. 이어지는 음력 4월 25일이 아빠 생일이었다. 어른 앞서서 아이 생일을 할 수 없다는 엄마의 고리타분한 생각 때문에 내 생일은 아빠 생일까지 기다렸다가 그날에 얹혀서 치르곤 했다. 그렇다고 나까지 생일 날짜를 잊고 지낸 것은 아니었다.

바로 그날, 아무 일도 없이 생일날 아침을 보내고, 점심나절이었다. 순이 아버지가 비틀비틀 우리 마당으로 들어섰다. 낮부터 술을 마신 모양이었다.

"뭔 술을 이렇게 마셨어?"

아빠가 순이 아버지를 맞으며 나무랐다.

"마실 수밖에 없었어. 내 마음대로 할 수 있는 게 이것뿐이라서."

"마음대로 할 수 없는 건 뭔가?"

순이 아버지는 우리 아빠 앞에서만 말을 더듬지 않았다.

"너 정말 아무것도 모르는 거야? 눈치도 못 챈 거야?"

아빠는 순이 아버지의 그 말을 술주정인 줄 알고 웃어넘기려고
하였다.

"뭘 말하고 싶은 겐가? 속 시원하게 털어놔 봐."

순이 아버지는 길게 한숨을 내쉬고는 말을 꺼냈다.

"우린 곧 굶어 죽을 거야. 땅이 날아갔어. 지주 손 영감이 새벽같
이 사람을 보냈더라고."

순이 아버지는 땅이 날아가는 것을 보여 주듯 팔을 한 차례 휘저
었다.

"지금 뭔 소릴 하고 있나? 땅이 날아가다니?"

"손 영감이 우리에게는 소작을 줄 수 없다는 거야."

"내게는 안 왔던데, 그 이유가 뭐래?"

"내게 전해라고 했으니까 자네한테 올 리가 없지. 이유는 나, 나도
몰라. 이번 보리 추수부터 땅을 다른 사람에게 넘긴다며 그, 그리
알라고 하더라고."

순이 아버지는 그 일로 화가 나서 술을 마셨다고 했다. 비틀거리

며 땅 빼앗긴 말을 전했다. 아빠는 그 말을 그냥 받아들일 수가 없었다. 영문도 모른 채 소작 땅을 빼앗길 수는 없었다. 식구들 목숨 줄이기 때문이었다.

"그 말을 그냥 듣고만 있었어?"

"내가 무, 무슨 힘이 있어야지. 너처럼 마, 말이라도 잘하면 모를까."

"그래, 우리 둘만 빼앗는대?"

"아니야, 한 사람 더 있어. 종만이, 종만이하고 이렇게 셋이래."

종만이 아저씨도 아빠와 친한 사이였다.

"아이고, 이 답답아!"

이글이글 화가 치민 나머지 아빠는 순이 아버지를 잡고 흔들었다. 둘이서 붙들고 화를 내 봐야 소용없는 일이었다. 아빠나 순이 아버지에게는 땅을 되찾아 올 수 있는 힘이 없었다.

"내가 손 영감을 만나야겠어."

아빠는 순이 아버지를 밀쳐 버리고 헛간에 걸어 두었던 삽을 들고 집을 나섰다. 삽을 움켜쥔 팔뚝에 힘줄이 불끈 솟았다.

"그 삽일랑 이리 주소."

엄마가 달려가서 삽을 빼앗았다. 멀거니 보고 있던 순이 아버지도 한마디 했다.

"소, 소용없어. 찾아간다고 만나 주겠나. 턱도 없지."

아빠가 뒤돌아섰다. 이마에 힘줄이 꿈틀거리고 눈에는 핏발이 서 있었다.

"지금이 왜정시대야? 지주면 다야?"

순이 아버지는 피식 웃었다.

"네 말이 다, 다 맞아. 지금은 왜놈이 물러가고 그 무엇이냐. 민주시대라고 하지. 마, 맞아 그런데 말이야. 손 영감은 그때도 힘이 있었고, 오늘도 여전히 힘이 있어. 그런데 우리는 그때도, 지금도 힘없는 자, 작인이야."

그 말끝에 아빠가 버럭 소리를 질렀다.

"그렇게 잘하는 말을 그 사람 앞에서는 '예, 알았습니다' 하고 말았어? 아이쿠 이 답답아! 아, 이놈의 세상, 불이라도 확 질러 버릴까 보다."

"무슨 소릴 그렇게 해요. 누가 들을까 겁나네."

엄마는 화를 감당하지 못하여 부들부들 떨고 있는 아빠를 데리고 들어왔다.

"지, 진정해. 하늘이 무너져도 소, 솟아날 구멍이 있다잖아."

순이 아버지는 오히려 태평스러운 얼굴로 하늘을 올려다보았다.

"순이 아버지, 이 사람이 화가 나서 아무 말이나 내뱉고 있네요. 못 들은 걸로 해 주세요."

엄마는 아빠가 홧김에 내지른 말이 혹시 다른 사람에게 전해질까 봐 순이 아버지 입단속부터 했다.

"불 지른다는 거요? 화가 나서 그런걸요. 나도 처음에는 화가 났는데 지 땅 갖고 지 마음대로 하는 걸 어떡해요. 그걸 말릴 장사는 없는 거라고요. 치, 친구야. 마음 편히 가지자. 굶어 죽기야 하겠나."

순이 아버지는 비틀거리며 돌아섰다.

"순이 아버지!"

엄마가 순이 아버지를 불러 세웠다.

"왜요?"

순이 아버지가 퉁명스럽게 돌아봤다.

엄마가 조금 조심스럽게 말을 꺼냈다.

"제가 드릴 말은 아닌데요. 순이 엄마 잘 좀 챙겨 주소. 이웃들 보기도 좀 그렇고… 순이도 저녁마다 골목에서 훌쩍거리는 게 안 돼 보여서요."

엄마는 저녁마다 부부 싸움이 벌어지는 순이네가 안타까운 나머지 한마디 했다. 그동안 이야기할 기회를 엿보고 있었다.

순이 아버지는 멀거니 엄마를 바라보았다.

"챙기고 자시고 할 게 뭐가 있소. 다 팔자대로 사는 거지요."

"그래도 잘 좀…."

엄마가 무슨 말을 더 하려고 했지만 순이 아버지는 골목으로 나가 버렸다. 순이 아버지는 이웃 사람들과는 부딪치는 일이 없었다. 그런데 술만 취하면 가족들을 달달 볶았다.

아빠는 당장 지주 손 영감에게 달려가서 따지고 싶었지만 땅을 가져간 이유를 먼저 알아보고 사정을 하든 따지든 해 볼 생각으로 마음을 가라앉혔다.

어느새 어둠이 아슴아슴 내리고 있었다.

저녁밥을 막 끝낼 무렵이었다. 순이네 집에서 싸우는 소리가 담을 넘어왔다. 엄마가 아빠에게 눈짓을 보냈다.

"부부 싸움에 끼어들고 싶지 않은데…."

"끼어들라는 말이 아니잖아요. 순이 아버지를 불러내서 술 좀 깨워서 들여보내소. 저러다가 사람 잡아요."

엄마가 등을 떠미는데도 아빠는 말을 돌리며 미적거렸다. 그때 마당으로 순이가 뛰어 들어왔다.

"아저씨! 우리 집에 좀 와 주세요."

엄마가 달려 나가서 순이를 붙안았다.

"아저씨가 건너가 볼 테니 넌 잠깐 여기 있어라."

순이를 데리고 방으로 들어서며 아빠를 향해 무섭게 눈빛을 쏘았다. 아빠는 바로 방에서 나갔다. 훌쩍이던 순이는 엄마가 말리는데도 아빠를 따라 나갔다. 그렇게 나간 아빠를 들불 가운데서 만났다. 순이 아버지와 함께.

방화범 아빠

숯검정이 되어 집으로 돌아갔던 마을 사람들은 날이 밝자 다시 들로 나갔다. 나도 우리가 부치던 밭 자리로 나가 보았다. 추수를 앞둔 보리밭, 밀밭이 잿더미로 변해 있었다. 세 군데서 같이 일어난 불길은 약속이나 한 듯이 학교 운동장 서너 배 너비만큼씩 보리와 밀을 태웠다.

마을 사람들은 낫을 들고 밭 주변을 돌아쳐 보았지만 이미 타 버린 보리와 밀은 거두어들일 게 없었다.

"불을 지른 게 맞네."

마을 사람 하나가 흥분하여 소리쳤다.

기름 냄새가 코를 찔렀다.

"범인을 잡아야 해. 이런 몹쓸 짓을…."

소리를 지르던 사람 곁에 있던 아저씨가 내 눈치를 살피더니 목소리를 낮추었다.

"물론 경찰에서 찾겠지만 혹시 땅을 빼앗긴…"

"그들이 앙심을 품고?"

"그들이 아니고서야 누가 이런 짓을."

"하기야 다 지어 놓고 고스란히 빼앗기게 생겼으니 뭔 짓인들 못하겠어."

마을 사람들이 둘러서서 수군댔다. 그러나 그 말들은 내게 너무나 똑똑히 들려왔다. 그들은 이미 누군가를 방화범으로 찍고 있었다. 나는 그 자리에 더 머물러 있을 수가 없었다. 불탄 밭을 뒤로하고 도망치듯 집으로 돌아왔다. 누가 뒷덜미를 잡아챌 것만 같았다.

엄마, 아빠에게 그 말을 전할 수가 없었다. 아빠와 얼굴 마주치는 게 겁이 났다. 곧 무슨 일이 덮칠 것 같았다.

오후였다.

"진 씨! 집에 있지?"

경찰들이 아빠를 찾아왔다. 마침 아빠는 손 영감을 만나려고 집을 나서려던 참이었다.

"웬일이요?"

아빠가 그들을 맞았다. 서로 반가워하는 얼굴이 아니었다.

"어디 가려는 모양이지?"

간밤에 보았던 그 경찰이 나섰다.

"지주 영감 좀 만나 보려고요."

아빠 말에 그가 빈정거리듯 풀썩 웃었다. 뭔가를 알고 있다는 얼굴이었다.

"거기 갈 필요가 있을까? 지서에 가서 우리와 이야기 좀 하지."

그 말에 아빠가 움찔 한발 물러섰다.

"이야기라니 무슨 이야기요!"

놀란 엄마가 아빠 옆으로 가서 섰다. 나도 그 옆에 가서 섰다. 아빠를 지켜야 한다는 생각이었다.

"또 왜 이러세요? 이야기할 게 있으면 여기서 해요!"

엄마가 외치듯 소리를 질렀다.

내 머릿속으로 지난 선거 때 우리 가족이 당한 일들이 빠르게 스쳐 지나갔다. 괴한들을 피해 보리밭에 숨어 있던 아빠에게 몰래몰래 밥을 나르고, 도둑질하듯 아빠가 준 쪽지를 순이 아버지와 종만이 아저씨에게 전하는 일도 내 몫이었다. 우리 골목에는 늘 괴한들이 어슬렁거렸다. 제대로 잘 수도 없었다. 밤중에도 불쑥불쑥 방문을 열고는 아빠를 찾았다. 불안, 불안한 나날이었다. 그들 뒤에는 언제나 경찰들이 어슬렁거렸다.

바로 그 얼굴들이 다시 엄마와 나를 밀쳐 내고 아빠의 양팔을 잡았다.

"어제 있었던 방화 사건 알지?"

엄마와 내가 막아섰지만 그들은 한둘이 아니었다. 그렇다고 주저 앉을 수는 없었다. 그들을 따라나섰다. 마을 어귀에는 그들이 타고 온 지프차가 서 있었다. 그런데 지프차 안에는 순이 아버지도 끌려 와 있었다. 그들은 아빠를 강제로 지프차에 밀어 넣었다.

"아빠!"

내가 할 수 있는 일은 '아빠'를 부르는 일이 다였다.

아빠가 돌아보며 나와 눈을 마주쳤다.

"걱정 마."

아빠를 태운 지프차는 먼지를 일으키며 사라졌다. 돌아보니 마 을 사람들이 모두 몰려나온 듯했다.

"쯧쯧쯧, 이를 어떡한다."

"불을 지른 게 맞아?"

"글쎄요, 소작 빼앗긴 데 앙심을 품고 불을 질렀다는 소문이…."

"설마…."

"알 수 없지요."

"지서에서 증거를 갖고 있겠지. 그러니까 저렇게…."

"그렇다면 빨리 나올 수 없겠네."

마을 사람들은 아빠와 순이 아버지가 불을 질렀다고 아예 믿고 있었다.

나는 그 말을 듣지 않으려고 귀를 막았다. 하지만 '빨리 나올 수 없겠네' 그 말이 바람과 함께 자꾸만 귓바퀴에 매달렸다.

밤늦게까지도 아빠는 돌아오지 않았다. 순이 아버지도 마찬가지였다. 빈집에 혼자 있을 수 없었던 순이는 우리 집으로 넘어왔다. 어둠보다 더 짙은 불안과 두려움이 우리 위를 짓누르고 있었다.

'별일 없을 거야. 별일 없을 거야.'

나는 수도 없이 그 말을 되뇌었다. 그러나 그 말보다 더 크게 마을 사람들이 수군대던 '빨리 나올 수 없겠네'라는 말이 메아리처럼 맴돌았다.

날이 밝아 왔다. 아빠는 여전히 돌아오지 않았다.

"이장에게 물어보면 어떨까요?"

순이가 먼저 입을 뗐다.

이장은 마을 소식통이었다.

"다 한편인데…. 그래도 이장은 뭔가 알겠지?"

엄마가 일어서려다 휘청거렸다. 어지러움에 다시 주저앉았다. 잠을 못 잔 탓이었다.

"내가 다녀올게."

엄마를 안아서 벽에 기대게 했다.

"나도 같이 갔다 올게요."

순이도 나를 따라나섰다.

이장은 우리를 보고는 대뜸 소리부터 질렀다.

"소작을 잃었다고 밭에다 불을 지르면 되나!"

머리를 세게 얻어맞은 것 같았다.

"우리 아빠는 불 지르지 않았어요."

아니라고 했지만 이장은 아예 고개를 돌리고는 손을 내저었다.

"그럼 누가 불을 지르겠냐? 범인이 뻔히 보이는데 뭔 소리야."

"아니에요. 내가 알아요. 불이 난 것을 보고 우리 아버지와 세상이 아버지가 달려갔다고요."

순이가 파르르 떨면서 소리를 질렀다.

"얘들 봐라. 여기서 떼를 쓴다고 될 일이냐?"

이장은 지서에 가서 소리치라며 우리를 밀어냈다.

우리는 지서로 달려갔다. 하지만 아빠는 그곳에 없었다. 이미 경찰서로 넘어갔다고 했다.

"이 녀석들아! 방화는 무거운 죄야."

지서를 지키고 있던 경찰이 소리를 질렀다. 그가 앉은 책상 앞에는 주임이라는 푯말이 놓여 있었다.

아빠가 불을 지르지 않았다는 말을 하여도 그는 오히려 눈을 부라리기만 했다.

"썩 나가! 여기가 어디라고 함부로 들어와서 소란을 피워."

그는 아예 우리를 쫓아냈다.

지서 마당 향나무 밑에 서서 하늘을 보았다. 막막했다.

"어쩌지?"

경찰서로 가 볼 것인가. 집에 갈 것인가를 결정하지 못하고 순이에게 물었다. 순이는 아무 말도 없이 훌쩍이기만 했다.

얼굴이 익은 경찰이 자전거를 끌고 지서 정문으로 들어왔다. 간밤에 불이 났을 때도 왔던 사람이었다.

"아버질 구해 보겠다고? 기특하다마는 죄를 지었는데 어쩌냐."

그는 우리를 보고는 빈정거렸다.

"우리 아빠는요?"

"내가 지금 방화범 둘을 본서에 넘기고 오는 길이다."

그는 큰일이나 한 것처럼 거들먹거렸다.

"경찰서로 넘어가면 우리 아빠는 어떻게 되는 거예요?"

순이가 앞을 막아섰다. 그는 사무실로 들어가려던 걸음을 멈추고는 히죽이 웃기까지 했다.

순이가 그를 노려보았다.

"우리 아버지는 불을 지르지 않았어요. 불을 지르지 않았다고요."

순이는 부르짖다가 그만 울먹이고 말았다.

그는 또 피씩 웃으며 혼잣소리처럼 내뱉었다.

"증인도 있어, 본 사람이 많다. 둘이 어울려 다닐 때부터 알아보았지. 눈치껏 살아야지. 어디에 붙어야 살 수 있다는 것쯤은 알 만한 것들이, 왜 그렇게 어리석은 짓을 하는지."

그는 순이를 밀쳐 버리고 안으로 들어갔다.

"본 사람이 있다고요? 그 사람이 누구예요?"

순이는 그 말끝을 잡고는 따지고 들었다. 그 사람을 직접 만나서 따지겠다고 했다. 그런데 나는 순이처럼 아빠가 불을 지르지 않았다는 말을 소리 내어 외칠 수가 없었다. 지서 경찰이 중얼거리는 말 중에 하나가 내 머리에 꽂혔기 때문이었다. '눈치껏'. 아빠는 눈치 없는 고집불통이었다. 엄마도 늘 '불뚝 고집부리지 말고 눈치껏 살라'고 잔소리를 퍼부었다.

지서에서는 증인을 알려 주지 않았다.

집으로 돌아오면서 순이에게 물었다.

"그 말 진짜야?"

"뭘?"

"불이 났을 때 우리 아빠와 너희 아버지가 너와 같이 있었다는 거?"

"진짜야. 멀리서 불이 난 것을 보고 뛰어갔다니깐. 내가 진짜로 증인이야."

나는 순이 눈을 똑바로 바라보았다. 거짓말하는 눈이 아니었다.

"그래, 네가 증인이 맞아. 그런데 누가 그걸 믿어 주겠어."

거짓을 따지는 게 소용없었다. 아빠와 순이 아버지는 소작을 빼앗긴 분풀이로 밭에다 불을 지른 방화범이 되고 말았다.

갈밭을 찢는 총소리

아빠가 잡혀간 지 두 달이 넘어가고 있었다.

여름 무더위와 함께 나도 지쳐 가고 있었다. 소문만 어지럽게 떠돌 뿐 아무도 아빠가 있는 곳을 알려 주지 않았다. 기다리다 지친 엄마는 마음을 다잡고 남의 집 품팔이에 나섰다.

"살아야 기다릴 수도 있지."

엄마가 이웃집 김매기에 나갈 채비를 하였다.

아침부터 매미는 기를 쓰며 울어 댔다. 그러는 동안 나는 휘어진 감나무 밑에 쪼그려 앉아 울어 대는 매미를 찾았다. 소리는 들리는데 매미는 찾을 수가 없었다. 무성해진 감나무 잎과 그 잎 사이를 맴도는 소리는 눈과 귀를 더욱 어지럽게 만들었다.

"방학인데 공부라도 좀 하지."

엄마가 내게 걱정스럽다는 듯 핀잔을 주었다. 나는 어깃장을 놓듯 그대로 앉은 채 독립선언문을 외웠다.

…이로써 세계 모든 나라에 알려 인류가 평등하다는 큰 뜻을 밝히며, 자손만대에 일러 겨레가 스스로 존재하는 마땅한 권리를 영원히 누리도록 하노라….

"너 또 벌 받는 거야?"

순이가 한심하다는 얼굴로 물었다.

"방학인데 무슨 벌을 받아? 방학 숙제하는 거야."

순이는 아예 우리 집으로 옮겨 와서 함께 살았다. 엄마는 순이를 빈집에 혼자 남겨 둘 수 없다며 짐까지 옮겼다.

엄마가 나가고 난 뒤 순이도 나갈 채비를 했다.

"넌 어딜 가려고?"

순이는 짧게 대답했다.

"갈밭."

순이가 갈대밭에 가려는 이유를 나는 이내 알아챘다. 갈대꽃이 활짝 피기 전에 홰기를 뽑아서 빗자루를 만들어 팔면 돈이 되었다. 갈 홰기가 패기 시작하면 주인이라는 사람들이 나타나서 홰기를 거두어 갔다. 더러는 주인이 나타나지 않는 밭도 있었다. 그런 곳은 마을 사람들이 홰기를 뽑았다. 그런데 갈대밭은 경계가 따로 있는 게 아니었다. 바다로 이어지는 넓디넓은 갈밭은 둑이 없었다. 주인이 나타나지 않는 곳인 줄 알고 들어가서 홰기를 따라가다 보면 엉뚱한 데 서 있기도 했다. 그러다 주인에게 걸려서 된통 혼나는 일도 많았다.

"혼자서?"

"그럼 혼자 가지…, 같이 가 줄래?"

집에 혼자 있자니 심심할 것 같았다. 덩치도 작은 순이 혼자 갈대밭을 헤매게 버려두었다고 엄마에게 혼날 것도 같았다. 더구나 갈대밭에는 위험한 게 많았다. 새를 잡으려는 올가미와 짐승을 잡으려고 숨겨 놓은 덫이 있었다. 덫에 걸려 다치는 일도 많았다.

"돈은 나누는 거다."

"알았어."

그냥 해 본 소리인데 순이가 선선히 그러마 했다. 독립선언문을 밀쳐 두고 순이를 따라나섰다.

"갈 홰기 뽑는 거 훔치는 짓이야. 도둑질이라고."

순이는 대꾸하지 않았다. 얼굴에 언짢은 티를 드러내더니 빠른 걸음으로 앞서갔다. 삐친 거 같았다. 도둑이라는 말을 한 입이 원망스러웠다. 들키지 않게 손바닥으로 내 입을 두 번 때렸다. 나도 더는 말을 하지 않았다.

갈대밭이 보였다.

순이가 걸음을 멈추는가 싶더니 휙 돌아섰다. 그러고는 나에게 쏘아붙였다.

"계속 너네 집에 있을 수는 없잖아. 엄마는 집을 나갔고, 아버지는 감옥에 갔어. 이제 나 혼자서 살아 내야 한다고, 어떤 일이라도 해서 돈을 벌어야 한다고!"

순이 눈에서 불이 일었다. 나는 덜컥 겁을 먹고는 목을 움츠렸다.

"아, 알았어, 알았다고. 근데 들켜도 나, 난 모른다."

'아이고 계집애. 무섭네'라는 말이 튀어나오려고 했지만 꿀꺽 삼켰다. 부아를 더 돋워서 좋을 일이 없었다.

순이는 바짓가랑이를 발목에다 단단히 조여 맸다.

지레 겁을 먹은 나는 주변을 슬금슬금 둘러보았다. 사람은 보이지 않고, 갈대밭은 넓게 펼쳐져 있었다.

순이는 천천히 갈대밭 안으로 들어섰다. 발이 빠질까 봐 휘적휘적 양팔을 펼치고 날갯짓하듯 걸어갔다. 왜가리 한 마리가 갈대밭을 걷고 있었다. 갈대가 왜가리를 감싸 안으며 밭 가운데로 데리고 갔다. 푸른 갈대 줄기와 잎사귀에 가리면서 언뜻언뜻 보이던 순이 모습이 어느 틈에 사라졌다. 갈밭 위로 한차례 바람이 달려왔다. 갈대들이 물결을 만들어 차례, 차례로 누웠다, 일어났다. 갈밭에는 그렇게 부드러운 파도가 지나가고 또 다가왔다. 평화로운 초록빛 바다였다.

왜가리 한 마리가 목을 빼고 두리번거리다가 나를 보았다.

"넌, 저기 막에 가 있어."

한 자락 건너편 농막을 가리켰다.

"들키기 전에 조금만 하고 나와."

나는 걱정스러운 마음을 잔소리로 얼버무렸다.

"걱정 붙들어 매."

순이는 주인 없이 버려진 갈밭에 들어갈 모양이었다.

"알았어. 다치지나 말고."

구시렁거리며 막으로 갔다.

막에 올라가서 벌렁 드러누웠다. 기다렸다는 듯 갈대밭을 떠돌던 바람이 다가왔다. 갈대를 스쳐 온 바람에는 향기가 있었다. 풋내가 코끝을 간질였다.

'아, 좋다, 시원하다, 정말 좋다.'

골치 아픈 걱정거리들이 시원하게 날아갔다. 그 바람에 개개비 소리가 얹혀 왔다.

"재재 개개개, 개개 재재재!"

느릿느릿 여유롭게 개개비가 지저귀었다.

나는 누운 채 눈을 감고는 개개비 소리를 쫓았다. 그런데 점점 개개비 소리가 급해졌다. 순이가 개개비 집 가까이 다가가고 있는 게 분명했다. 알을 지키려고 개개비 암수가 교대로 순이에게 경고를 보내고 있었다.

'순이야, 개개비 소리 들리지 않니? 멀찍이 돌아가라고.'

나는 혼자 소리 없이 웃었다. 대답하듯 바람이 내 볼을 간질였다.

소르르 졸음이 찾아왔다.

'순이야, 개개비가 네 머릴 쪼기 전에 돌아서라고.'

순이에게 알리고 싶었지만 귀찮았다. 움직이기 싫었다.

'아, 그래. 순이가 걱정 붙들어 매라고 했지.'

그냥 잠 속으로 깊이 빠져들고 싶었다. 하지만 개개비가 나를 그냥 내버려 두지 않았다. 개개비는 점점 더 크게 소리치고 있었다. 순이가 좀 더 집 가까이 다가간 모양이었다. 다급해진 개개비가 순이 머리 위로 낮게 날면서 퍼덕거렸다. 용감한 개개비는 도망가지 않았다. 갈대 가지를 이리저리 옮겨 다니며 소리치고 있었다. 소리는 흩어지지 못한 채 그대로 갈대 사이에 고여 있었다. 개개비의 안타까운 마음 그대로였다. 개개비 소리는 그칠 것 같지 않았다.

더 이상 버틸 수가 없었다. 몸을 일으켜 개개비 소리를 찾았다. 개개비는 낮게 갈대 위를 오가며 울어 댔다. 그런데 순이가 보이지 않았다. 이상하다는 생각이 들었다. 불러 볼 수밖에 없었다.

"순이야!"

바로 그 순간이었다.

"땅!"

총소리가 갈대밭을 시퍼렇게 찢었다. 나는 그대로 농막 아래로 뒹굴었다. 갈대 줄기를 오가던 개개비가 하늘 높이 날아올랐다. 개개비뿐만 아니었다. 갈대밭에 머물러 있던 새들이 한꺼번에 날아올랐다. 새들은 소리를 내지 않았다. 이어서 한 발, 또 한 발 총소리가

울렸다. 내 머리 위로 총알이 날아올 것만 같았다. 갈대밭이 한참
동안 울렁거렸다.

쓰러진 해오라기

새소리가 다시 돌아오기까지는 오랜 시간이 걸리지 않았다. 어렴풋이 남아 있던 총소리까지 잦아들면서 새들은 다시 갈대밭으로 내려앉았다.

"수, 순이야!"

그제야 내 입이 터졌다. 나는 농막 기둥에 몸을 숨기며 개개비가 울던 쪽을 살폈다. 갈대 사이로 희끗한 게 엎어져 있었다. 순이였다.

"순이야!"

낮은 소리로 순이를 불렀다. 하지만 순이는 꼼짝도 하지 않았다. 퍼뜩 이상하다는 생각이 머리를 쳤다. 그러나 총이 두려웠다. 먼저 어느 쪽에서 총알이 날아왔는지 알고 싶었다. 용기를 내서 고개를 빼고는 갈대밭 너머를 살폈다. 멀리 시내 쪽에서 두 사람이 달려오고 있었다. 그들의 손에 총이 들려 있었다. 총을 쏜 사람들이었다.

'도망쳐야 한다.'

퍼뜩 그들이 갈대밭 주인일 거라는 생각이 들었다. 순이를 챙겨야 했다. 순이를 두고 혼자 내뺄 수는 없었다. 재빨리 순이가 있는 갈대밭으로 뛰어 들어갔다. 갈대 뿌리를 찾아 디뎠지만 발목까지 빠져들었다. 그들에게 들키지 않으려고 몸을 한껏 낮추었다.

"순이야! 도망치자. 사람들이 와."

하지만 순이는 꼼짝도 하지 않았다. 너무 겁을 먹은 나머지 울음이 터져 나올 것 같았다.

"아이고, 이 답답아! 쪼그리고 있어도 소용없어. 너 지금 들켰다고."

더 이상 기다릴 수는 없었다. 갈대를 헤치며 순이를 잡아 일으켰다. 그런데 이게 어찌 된 일일까? 순이 바지가 온통 피로 젖어 있었다. 너무 놀란 나는 순이를 놓아 버리고 한 걸음 물러났다. 순이가 갈대 위로 비스듬히 쓰러졌다.

"수, 순이야! 너…."

순이가 총에 맞았다는 것을 그제야 알았다. 어찌해야 좋을지 그 어떤 생각도 나지 않았다. 그냥 깜깜하기만 했다. 온몸이 덜덜덜 떨렸다. 그런데 내 몸이 먼저 움직였다. 순이를 안고는 볼을 두드렸다.

"순이야! 정신 차려. 순이야! 죽은 거 아니지?"

순이는 숨을 몰아쉬며 대답했다.

"나 좀 살려 줘."

"그래, 그래. 정신 차려."

순이를 부둥켜안고 갈대를 헤치며 밖으로 나왔다. 둑 위에 올라오자마자 나는 그만 주저앉고 말았다. 순이의 다리는 진흙과 피가 범벅이 되어 있었다. 피는 계속 흘러나왔다. 어떻게 해야 할지 몰라서 허둥대고 있는 사이에 총을 든 사람들이 달려왔다. 총을 든 사람은 가죽장화를 신고 있었으며, 허리에 새 두 마리를 꿰찬 사람은 고무장화를 신고 있었다. 순이를 안은 채 주저앉아 있었기 때문에 신발만 길게 보였다.

"어! 사람이었어. 이를 어떡해."

"새가 아니었어."

그들의 눈이 휘둥그레졌다.

나는 그들을 향해 소리 질렀다.

"사람에게 총을 쏘면 어떡해요! 빨리 살려 내요."

"사람인 줄 몰랐다. 정말 미안해."

고무장화가 나서서 주변을 두리번거리더니 바가지를 하나 발견하고는 물을 퍼 와서 순이 다리에 묻은 흙부터 씻었다. 그러고는 바지를 걷어 올리더니 상처를 보았다. 허벅지와 종아리에 깊은 상처가 보였다. 그는 자신의 윗도리를 찢더니 순이의 다리를 동여매었다. 그때까지도 가죽장화는 얼굴이 하얗게 질린 채 멍하니 서 있었다.

"좀 도와줄 수 있지? 이 아일 저쪽 큰길까지 옮겨 줘. 차를 가져오마."

여전히 고무장화가 말했다. 그는 그렇게 내게 말하고는 부리나케 달려갔다. 차는 보이지 않았지만 그 말을 믿을 수밖에 없었다.

나는 순이를 업었다. 순이는 정신을 못 차리고 있었다. 신음조차 내지 못했다. 정신없이 둑을 내달려 신작로와 맞닿은 팽나무 아래에서 그들을 기다렸다.

"순이야, 정신 차려. 순이야."

나는 계속해서 순이를 불렀다. 하지만 순이는 대답하지 않았다.

지프차 한 대가 먼지를 일으키며 달려왔다. 다시 순이를 들쳐 업고 길가로 나갔다. 두 사람이 타고 있었다. 먼저 고무장화가 뛰어내렸다. 뒤따라 가죽장화도 내렸다. 그들은 몹시 서둘렀다. 순이를 지프차 뒤에 실었다.

"얘야! 너도 우리와 같이 가야겠다."

가죽장화는 문을 열어 놓고 내가 타기를 기다렸다. 나는 잠깐 멈칫하였다.

"세상아! 같이 가 줘."

정신을 놓고 있던 순이가 나를 불렀다. 숨을 몰아쉬며 간신히 내뱉는 말이었다. 순이 말에는 겁이 잔뜩 묻어 있었다. 겁을 먹기는 나도 마찬가지였다. 입안이 바짝바짝 타들어 갔다.

"그, 그래."

맥없는 대답이었다. 그렇게 나는 차에 올랐다. 그저 막막하고, 두렵고 불안했다.

우리를 실은 차는 털컥대며 달리고 달려서 도립 병원 앞에 멈추었다. 의사와 간호사들이 달려 나와서 순이를 응급실로 싣고 갔다.

"순이야!"

나는 외치듯 불러 보았다. 순이는 대답이 없었다. 고개는 한쪽으로 돌아가 있었으며, 팔은 아래로 늘어져 있었다.

'죽은 게 아닐까?'

순간 나쁜 생각이 내 머리를 쳤다.

고무장화가 나를 수술실 앞으로 데리고 갔다.

"너 저 아이와 어떤 관계냐?"

"관계요? 그게 뭐예요?"

나는 묻는 말에 맞는 답을 찾을 수가 없었다. 그 말뜻을 몰랐다. 어리둥절해 있는 내게 다시 물었다.

"저 아이가 네 동생이냐?"

"아니요. 옆집 살아요. 지금은 같이 살지만."

"그게 무슨 말이냐? 어쨌든 저 아이 부모님께 연락 좀 해 줘."

나는 또 대답할 말을 찾지 못해 잠깐 머뭇댔다. 머리를 굴려 보았지만 뾰족한 대답이 떠오르지 않았다. 순이 아버지는 경찰에 잡혀가서는 감감무소식이며, 순이 엄마는 집을 나가 버린 지 오래였다. 그런 이야기를 낯선 사람들에게 할 수는 없었다. 초조해진 그가 다시 부탁했다.

"빨리 연락이 되면 좋겠다. 수술이 잘된다고 해도 치료가 오래 걸리고, 어쨌든 사고니까 보호자와 합의를 해야 한단다. 네가 좀 도와다오."

"알았어요. 집에 가서 어른을 데리고 올게요."

어쨌든 집으로 가서 엄마에게 알려야겠다는 생각뿐이었다.

"그래, 그래 고맙다."

고무장화는 차를 태워 주겠다며 나섰다. 하지만 나는 혼자 다녀올 수 있다며 병원 문을 나섰다.

장화 신은 사람들

벌써 해가 서쪽으로 기울고 있었다.

"엄마, 엄마. 큰일 났어!"

어떻게 달려왔는지 기억나지 않았다. 마당으로 들어서면서 엄마를 불러 댔다. 숨을 헐떡이며 부엌문을 열었다. 엄마가 보이지 않았다.

"엄마! 엄마! 어디 있는 거야?"

"얘가, 뭔 일이야? 숨넘어가겠다."

엄마가 헛간에서 나왔다.

"엄마 큰일 났어. 순이가, 순이가…."

더 말을 이을 수가 없었다. 입안이 타들어 가고 목이 갈라진 것처럼 따가웠다. 침을 한 번 삼키고 숨을 몇 차례 거듭 몰아쉬었다.

엄마는 그제야 뭔 일이 생겼다는 것을 느꼈는지 입술을 파르르 떨었다.

"또 무슨 일이야? 빨리 말해 봐."

"순이가 총에 맞았어."

"뭐, 총! 총이라니?"

엄마는 휘청하다가 툇마루를 짚고는 간신히 몸을 가누었다. 그러고는 혼자 중얼거렸다.

"안 된다 안 돼, 끝까지 지켜 주겠다고 약속했는데…."

"엄마까지 왜 이래. 순이가 갈 홰기 뽑다가 총에 맞았다고. 지금 도립 병원에 있는데 보호자를 데리고 오랬어."

엄마는 볼을 두어 차례 치면서 정신을 가다듬었다.

"얼마나 다친 거야?"

"다리에 두 군데."

"전쟁통에도 총알을 피했는데 이 무슨 날벼락이야."

엄마는 한 손으로 입을 막으며 울먹였다. 나는 아무 말도 못 하고 그냥 보고만 있었다. 엄마는 알아들을 수 없는 말을 중얼거리며 그렇게 마음을 진정시켰다.

"도립 병원이라고 했지?"

엄마가 병원으로 들어서자 고무장화가 맞이하였다.

"수술은 잘 끝났습니다. 조금 전에 입원실로 옮겼고요."

엄마는 그 사람 말을 들으려 하지 않았다.

"순이, 우리 순이는 어디 있나요? 아이를 먼저 봐야겠어요."

빠르게 병원 안으로 걸음을 옮겼다. 이따금 손바닥으로 가슴을 툭툭 치며 숨을 몰아쉬었다.

가죽장화가 입원실로 안내하였다.

"그러세요. 이리 오세요."

순이는 깊은 잠에 빠져 있었다.

"순이야, 이것아! 이게 무슨 일이냐?"

엄마는 소리 내어 울기 시작했다.

간호사가 다가와서 물었다.

"조용히 해 주세요. 엄마세요?"

엄마가 대답하기 전에 내가 얼른 대답했다.

"아네요."

"그럼?"

"그냥 이웃이에요."

나는 엄마가 울고 있는 게 조금 창피했다. 그래서 순이와 남이라는 것을 알리고 싶었다. 내 말이 걸렸는지 엄마는 내 말끝에 바로 눈물을 닦으며 간호사에게 대답했다.

"엄마나 마찬가지예요. 제가 보호자예요."

'뭐가 엄마나 마찬가지야.' 그 말이 목젖까지 올라왔지만 꾸욱 눌렀다. 엄마의 그렁그렁한 눈물 때문이었다.

"수술은 잘되었어요. 퇴원까지는 일주일 정도 걸릴 거예요."

간호사는 그렇게 말하고 병실을 나가 버렸다.

"일주일이면 멀쩡해지나요?"

아무도 대답하지 않았다. 엄마는 답답한 마음이 진정되지 않는지 두 손으로 얼굴을 감쌌다.

"저어, 아주머니…."

고무장화가 조심스럽게 엄마에게 다가갔다.

엄마가 그를 돌아보았다.

"저 아이가 완치될 때까지 치료비와 입원비는 걱정하지 않으셔도 됩니다. 우리가 다 부담하겠습니다."

엄마는 조금씩 마음을 가라앉혔다. 얼굴을 한 번 훔치고는 고무장화 쪽으로 고쳐 앉았다.

"어떻게 이런 일이 벌어졌나요?"

"저 아이를 새로 잘못 보았답니다. 숨어서 갈대 사이를 걷는 게 흰날개해오라기처럼 보였답니다. 죄송합니다. 이번 사고로 인한 모든 책임이 저희에게 있습니다. 저, 그러니까 보상도 충분히 하겠습니다."

그는 순이의 치료비는 물론 보상도 하겠다고 했다. 경찰에 사고 신고를 하자는 말도 했지만 엄마가 오히려 반대했다. 엄마는 경찰을 믿지 않았다.

엄마는 고무장화의 친절한 말에 마음을 열고 그들을 믿었다.

"순이가 다 나을 때까지 치료해 주겠다는 약속을 해 주세요. 다른 건 다 필요 없어요. 그 약속만."

엄마는 순이가 완쾌되도록 해 달라는 말을 거듭, 거듭 했다.

"물론 그렇게 해야지요. 약속합니다. 제게도 제때 제대로 치료를 못 해서 상애를 가진 가족이 있습니다. 그 후회를 안고 살아갑니다. 저 아이를 그렇게 만들진 않겠습니다. 약속합니다."

뒤에 물러나 있던 가죽장화가 '약속'이라는 말로 엄마를 안심시켰다. 그러고는 꼭 하고 싶었던 말을 꺼냈다.

"저 아이의 부모님은 만날 수 없나요?"

엄마는 대답을 망설이며 순이를 돌아보았다. 순이는 한차례 길게 숨을 내쉬었다. 하지만 깨어나지는 않았다.

"지금은 저희 집에 있네요. 부모는 다 멀리 있고요."

"그럼, 아주머니가 부모나 마찬가지네요?"

고무장화는 대답을 서둘렀다. 이야기를 마무리하고 싶은 모양이었다.

"예, 부모, 부모나 크게 다를 게 없네요."

엄마는 얼굴을 문지르며 또 한숨을 내쉬었다.

나는 엄마의 모습이 조금 이상하게 느껴졌다. 무엇에 쫓기는 듯 불안한 모습이었다.

그때, 다시 숨을 길게 내쉬면서 순이가 눈을 떴다.

"아이고, 이것아! 이게 무슨 일이냐."

엄마가 순이를 내려다보며 또 울었다.

"아주머니!"

순이는 엄마를 보자 흑흑거리며 울었다. 엄마를 보며 불안하던 마음을 떨쳐 내고 비로소 편안해지는 모양이었다.

"그래, 그래. 걱정 마라. 이 아저씨들이 다 고쳐 주신대."

순이가 곁에 선 고무장화와 가죽장화를 보았다. 그러고는 희미하게 웃어 주었다.

"고마워요."

"아니다. 우리가 미안하지. 정말 미안하다."

고무장화와 가죽장화가 동시에 고개를 숙였다.

독립선언문 따져 보기

순이가 병원에 있은 지 일주일이 흘렀다. 낮에는 내가 곁에 있었으며 밤이 되면 엄마가 돌봐 주었다. 순이 새엄마에게 연락했지만 오지 않았다. 고무장화가 자주 오가며 순이 병원 일을 챙겼다. 가죽장화는 대구 집으로 돌아갔다고 했다. 그사이에 친해진 그는 내게 이것저것 물어보며 순이네 어려운 형편을 안쓰러워했다. 나도 그를 이웃 삼촌처럼 스스럼없이 대했다.

"아저씨는 뭐 하는 사람이에요?"

그게 참 궁금하였다. 병원비도 그렇지만 친절한 말투가 다른 사람과 달랐다.

"무슨 일을 하느냐고?"

그는 씩 웃었다.

"예에."

나도 그를 보며 똑같이 웃었다.

"대학교수야. 대학생 가르치는 선생님."

"아, 교수님."

대학교 선생님은 역시 다르구나 하는 생각에 고개가 저절로 끄덕여졌다.

"나도 한번 물어볼까?"

그는 내 어깨에 손을 얹었다. 마음이 편안해졌다.

"예, 좋아요."

나는 크게 고개를 끄덕이며 그의 눈을 보았다.

"순이 아버지가 멀리 계신다던데 어디 계셔?"

"멀리 있다고요? 누가 그래요?"

"네 어머니가 그러셨잖아. 부모님이 다 멀리 계신다고. 돌아가신 건 아니지?"

엄마가 그런 말을 했던가? 나는 기억이 가물가물했다.

"엄마는 새엄마예요. 그런데 도망갔어요. 아버지는 오시기가 좀⋯."

그는 내 어깨에 얹은 손을 한차례 토닥였다. 마음이 편안해졌다. 입이 풀리면서 묻지도 않은 일까지 술술 다 말하였다.

아빠가 민의원 선거에서 자유당을 지지하지 않은 이야기, 보리밭에 숨어 가면서 다른 당 후보 운동을 했으며, 선거가 끝나자 바로 소작 땅을 빼앗기고, 불이 난 이야기와 아빠와 함께 순이 아버지가 방화범으로 경찰서에 잡혀갔다는 이야기까지.

"그런 일이 있었구나."

"순이 아버지와 우리 아빠는 불을 지르지는 않았어요. 진짜예요."

나는 그 말을 강조했다. 다른 사람들처럼 아빠와 순이 아버지를 범인으로 볼까 봐 겁이 났다.

"네가 그렇게 말하지 않아도 조금만 따져 보면 범인이 따로 있다는 걸 알 수가 있겠다."

"조금만 따져 보면요?"

"그래. 자, 한번 생각해 봐. 세 군데 동시에 불이 났고, 기름 냄새가 났잖아? 기름을 끼얹었다면 기름을 운반해서 뿌렸을 거잖아? 그런 일을 두 사람 힘으로 할 수는 없지."

그 말을 듣고 보니 아빠가 누명을 쓴 게 더욱 분명해졌다.

'누가 그랬을까? 대학교 선생님 말대로 조금만 따져 보면 이내 알 수 있는데 경찰은 왜 아빠를 잡아 놓고 있을까?'

"네가 그 증거들을 찾아봐. 내가 이야기한 것처럼 하나하나 따져 보면 원인과 결과가 어긋나는 곳이 있을 거야. 그 어긋나는 데서 거꾸로 따라가 보는 거야. 작은 증거 하나가 아버지의 누명을 벗길 수 있을 거다. 세 군데 동시에 불이 났으면 아무리 적게 잡아도 세 사람이 불을 질러야 하는 거야. 기름을 뿌렸으면 그 기름을 운반하기 위하여 더 많은 사람이 필요하지. 또 불이 난 날, 많은 기름을 판 가게가 있을 거야. 내 생각에는 사람들 눈이 많으니까 그 가게는 불이 난 곳에서 멀지 않은 곳에 있을 거야. 먼저 그 가게를 찾는 게 중요해. 그러면 누가 사 갔는지를 알 수 있으니까."

"제가 그 일을 할 수 있을까요?"

"네가 마음먹기 달렸지. 네 아빠의 이야기를 들으며 생각해 봤는데 네 아빠는 참으로 훌륭한 사람이다. 너 독립선언문 알지?"

"예, 알아요. 삼일절 기념식 때마다 낭송하잖아요. 독립선언문 외우기가 이번 방학 숙제예요. '오등은 자에 아 조선의 독립국임과 조선인의 자주민임을 선언하노라' 이거잖아요."

나는 의기양양하게 주절주절 외웠다. 내 말을 조곤조곤 들어 주고, 아빠 일에 내 편이 되어 주는 아저씨가 마음에 들었다.

"맞아. 그런데 외운다고 다는 아니야. 담긴 뜻을 제대로 알아야 하는 거야. 뜻도 알아?"

그는 내 눈을 가만히 들여다보았다.

"…"

숙제였고, 벌이었기 때문에 그냥, 그냥 지나쳤지, 뜻을 새겨 보지는 않았다. 조금 민망해진 나는 뒷머리를 긁적이며 씨익 웃음으로 얼버무렸다. 그는 내 어깨를 툭 치고는 '다들 그래' 하는 얼굴로 웃었다.

"우리 모두 그렇게 지내 왔어. 네가 외운 부분은 이런 뜻이야. '우리는 여기에서 우리 조선이 독립된 나라인 것과 조선 사람이 자주 국민임을 선언하노라. 이로써 세계 모든 나라에 알려 인류가 평등하다는 큰 뜻을 밝히며, 이것으로써 자손만대에 일러 겨레가 스스로 존재하는 마땅한 권리를 영원히 누리도록 하노라.' 곰곰이 새겨 보면 독립선언문은 우리 겨레가 나아가야 할 방향을 잡아 준 거야. 그런데 우리는 그 의미를 따져 보지 않고 그냥 지나치는 바람에 네 아빠와 같은 희생자가 나오게 된 거야."

"그럼, 뭐예요? 우리 아빠가 경찰에 잡혀간 게 경찰의 잘못이 아니라 우리 모두의 잘못이란 말이에요?"

나는 어리둥절했다. 도무지 이해가 되지 않는 말이었다. 그는 내 어깨를 가만히 당기고는 더 낮은 소리로 말했다.

"경찰에게 잘못이 없다는 말이 아니야. 넓게 보면 우리 모두가 우리의 권리를 제대로 펼치지 못했기 때문에 경찰이 마구 설치게 된 거라면 이해하겠니?"

교수 아저씨가 하는 이야기는 알쏭달쏭했지만 뭔가 알 것 같기도 했다.

"학교 가서 기미 독립선언문 풀이한 것을 찾아서 새기면서 읽어 봐. 그러면 아빠가 소작 땅을 잃어 가면서, 괴한들에게 쫓기면서 왜 선거운동을 했는지 알게 될 거야. 아빠의 누명을 풀 수 있는 증거도 하나하나 찾아봐."

순이를 보내고

퇴원하는 날이었다.

일찌감치 가죽장화와 교수 아저씨가 병실로 들어왔다.

"마침 네가 읽기 좋도록 풀이해 놓은 게 하나 있더라. 좋은 공부
가 되었으면 좋겠다."

학교 가서 독립선언문을 찾아보기도 전에 교수 아저씨가 구해다
주었다. 나에게 마음을 주는 교수 아저씨가 고마웠다. 나에게 이런
느낌을 주는 사람은 처음이었다. 기분이 좋았다.

하지만 기분은 이내 가라앉았다. 퇴원이라지만 순이는 제대로 걸
을 수 있는 게 아니었다. 목발을 짚고 간신히 일어서는 순이를 보고
는 엄마가 화를 냈다.

"걸을 수 있게 고쳐 주신댔잖아요."

엄마가 의사에게 따지고 들었다.

"지금부터는 재활, 통원 치료를 해야 합니다. 차츰차츰 좋아지지,
단박에 걸어지나요. 저만큼 걷는 것도 환자의 의지가 강한 덕이에요."

"약속이 틀리잖아요."

엄마는 약속을 갖고 늘어졌다. 이번에는 가죽장화에게 따지고 들
었다.

"치료가 끝난 게 아니에요. 차츰차츰 좋아진다니까 좀 더 재활
치료를 해 봅시다."

가죽장화가 엄마에게 미안한 얼굴을 보이고는 의사와 한참 동안
뭔가를 의논하였다.

"무슨 꿍꿍이가 있는 거 아니지요?"

"그럴 리가 있나요."

교수 아저씨가 씨익 웃으며 순이에게 목발을 잡고 천천히 걸어
보도록 하였다. 순이는 몇 걸음 옮기지 못하고 주저앉았다. 그는 고
개를 절레절레 흔들었다.

"순이야, 많이 아파?"

나는 순이 팔을 잡고 부축하며 물었다.

"다리에 힘을 쓸 수가 없어."

순이가 얼굴을 찌푸렸다.

"아프지는 않고?"

"다리가 펴지지도 않아."

나는 곁에 서 있는 교수 아저씨를 쳐다보았다. 그도 걱정스런 얼굴을 하였다.

"이런 다리로 통원 치료는 어렵겠는데…."

교수 아저씨도 고개를 절레절레 흔들며 의사에게로 갔다. 그들은 또 한참 동안 이야기를 나누었다.

"걷지도 못하는 아이가 어떻게 병원까지 온단 말이냐. 누가 데리고 다녀야 할 텐데."

엄마는 들으라는 듯 제법 큰 소리를 냈다. 어림없다며 도리질까지 했다.

"매일 와야 한다는데."

나도 그게 걱정이었다. 순이가 우리 눈치를 살폈다.

그때 교수 아저씨가 다가왔다. 역시 웃는 얼굴이 참 따뜻했다.

"매일 병원에 데리고 나오는 일이 무척 어렵겠지요?"

엄마는 기다리고 있었다는 듯 바로 대답을 쏟아 놓았다.

"어렵다마다요. 이렇게 큰 아이를 업고 올 수도 없고, 수레에 실어 와야지요. 또 하루 벌어 하루 먹고사는 처지에 이 아이에게 매달려 있을 수도 없는 노릇이지요."

"엄마."

나는 순이 눈치를 보고는 엄마를 말렸다.

"가족도 아니고, 환자를 돌본다는 게 쉬운 일은 아니겠지요. 모든 게 우리 잘못에서 시작되었으니까 이렇게 하면 어떨까요?"

나와 엄마 눈이 교수 아저씨에게 모아졌다. 순이는 어찌할 바를 모르고 쩔쩔맸다.

"순이가 집으로 간대도 혼자입니다. 보호자가 없는 상태입니다. 그래서 순이가 좋다면 저 친구가 데려가고 싶어 하는데 어떠세요?"

그는 아주 조심스럽게 말을 이어 갔다.

"저 친구 집에서는 병원도 가깝고, 큰 병원에서 제대로 치료도 하고, 치료가 끝날 때까지 그 집에 계속 머물 수도 있고요. 그러다 마음 맞으면 눌러살 수도 있겠지요. 부모 없이 혼자 집에 있는 것보다 아버지가 돌아올 때까지만이라도."

거기까지 이야기하던 교수 아저씨는 나와 눈을 마주쳤다.

"네 엄마도 일을 덜게 되고, 너도 순이를 돌보는 일에서 놓여날 수 있을 거야. 어떠냐?"

엄마는 조금 당황한 얼굴이었다.

"저분 집이 어디예요?"

"대굽니다."

"대구라고요?"

"순이가 지내기에도 크게 힘들지는 않을 겁니다."

엄마는 한참 동안 곤란한 얼굴을 하고 있다가 결정을 못 한 채 순이를 보았다.

"네 생각은 어때?"

순이는 망설이지 않았다.

"갈게요."

나는 순이 얼굴을 한참 동안 바라보았다. 엄마가 조심스럽게 물었다. 미안한 마음이 듬뿍 묻어 있었다.

"너 우리가 힘들다는 말을 해서 그런 거야?"

"아니에요. …어차피 6학년 마치면 떠나야 하잖아요. 조금 일찍 간다고 생각하지요, 뭐."

식모살이를 조금 일찍 떠나는 셈 치겠다는 말이었다. 순이는 입을 앙다물고 눈을 똑바로 뜨고 있었다. 생각을 굳힌 얼굴이었다.

"좋은 생각이라고 말할 수는 없다마는 저 친구 내외도 외로운 사람들이야. 널 힘들게 하지는 않을 거야."

교수 아저씨는 안타까운 얼굴로 순이를 다독거렸다. 엄마와 나에게 안심하라고 해 주는 소리로 들렸다.

그사이에 가죽장화도 가까이 다가와서 이야기를 듣고 있다가 한마디 했다.

"병원에 있는 동안 몇 차례 순이와 이야기도 나누어 보았답니다. 허락을 해 주시면 치료가 끝나도 집에 머물러도 좋습니다. 저희 집안일도 좀 도우면서요. 이것도 약속하겠습니다. 원한다면 야간 중학교, 고등학교도 보낼게요."

이야기가 생각하지 않았던 쪽으로 가고 있었다. 엄마는 한동안 말이 없었다. 멀거니 순이를 바라보다가 길게 한숨을 내쉬었다.

"그래, 그게 좋을지도 모르겠다. 먼 곳에 가서 걱정 없이 살아 보는 게 맞을지도 몰라. 그래 그게 좋겠다, 순이야."

가죽장화가 정신을 놓고 있는 엄마에게 작은 종이를 내밀었다. 엄마가 엉겁결에 종이를 받아 들었다.

"제 명함입니다. 순이가 보고 싶을 때는 언제든지 오세요. 또 순이 아버지가 나오시면 연락 주세요. 바로 보내겠습니다. 순이가 원하면 언제든지 올 수도 있고요."

그러고는 내게로 얼굴을 돌렸다.

"대구역에 내리면 높은 공장 굴뚝이 보이는데 그 공장 안에 우리 집이 있거든. 언제라도 찾아올 수 있어."

순이가 그들 곁에 서며 말했다.

"우리 아버지 나오면 꼭 알려 주세요."

"순이야, 미안타."

엄마는 순이 등을 몇 번이나 쓰다듬으며 또 눈물을 글썽였다.

순이는 그렇게 그 사람들을 따라갔다.

순이 없이 집으로 돌아온 뒤 엄마는 그제야 정신이 드는 모양이었다.

"내가 잘한 짓인지, 잘못한 짓인지 모르겠네. 내가 뭔 짓을 한 건지 귀신에게 홀린 것만 같네."

엄마는 순이를 맥없이 보냈다며 흑흑거리며 울었다. 나도 가슴 한쪽이 텅 비어 버린 것만 같았다. 그동안 잘 대해 주지 못한 게 미안했다.

입원한 순이 아버지

아무런 일이 없었다는 듯 여름이 끝나 가고 있었다.

감나무 밑에 놓인 평상에서 미뤄 두었던 방학 숙제를 하고 있는데, 순이네 집에 이장을 앞세운 낯선 사람들이 기웃거렸다. 이상한 일이었다.

"아침부터 빈집에 웬 사람이야?"

이를 본 엄마가 달려갔다. 궁금하여 머뭇댈 수가 없었다. 엄마 뒤를 따라갔다.

"아, 마침 오네. 이 사람에게 물으면 될 거요."

이장이 엄마를 가리키자 낯선 사람들이 엄마와 나를 향했다. 마을 사람들도 어슬렁거리듯 따라와 있었다. 그들은 모두 이장과 한 패거리였다. 이곳저곳에서 혀 차는 소리까지 들렸다. 그들은 낯선 사람들이 찾아온 이유를 이미 알고 있는 듯했다.

"우리와 같이 좀 가 주시지요."

엄마와 나는 주춤대며 물러났다. 아빠가 끌려가던 때가 떠올랐다.

"겁먹을 일은 아니고. 여기, 순이 아버지가 병원에 입원했다는구면."

이장이 그들 말을 대신했다.

엄마 눈이 휘둥그레지면서 소리부터 질렀다.

"멀쩡한 사람 데려가서 입원이라니! 우리 애 아버지는 어찌 되었소?"

그 사람은 한 걸음 더 다가오며 엄마에게 차갑게 말했다.

"그런 건 우리에게 따지지 마시고, 우리는 심부름 왔을 뿐이요."

"죄가 없으면 나오겠지."

곁에 있던 이장이 내 등을 툭툭 밀며 한마디 거들었다. 엄마를 달래라는 뜻이었다. 나는 벌레를 떨쳐 내듯 이장 손을 힘껏 밀쳐 버렸다.

"어허 그 녀석, 성질 있네."

우리와 가까운 이웃 사람들이 모여들기 시작했다. 그중에 아빠 친구 종만이 아저씨도 보였다. 낯선 사람들은 이웃 사람들 눈을 피하고 싶어 하는 눈치였다.

"빨리 병원 갈 준비해서 나오시오."

말투가 영 기분 나빴다. 나는 그를 노려보았다. 그 역시 나를 노려보았다. 어디서 그 얼굴을 본 듯했다.

　서둘러 채비를 하고 나온 엄마는 화를 참으며 그 사람들을 따라나섰다.

　그들은 서둘러 이웃 사람들 사이를 빠져나갔다. 마을 어귀에는 지프차 한 대가 서 있었다. 그들은 엄마 등을 밀었다. 차에 오르려던 엄마가 뒷걸음치며 나에게 손을 내밀었다.

　"같이 가자."

　그들도 나를 돌아보았다. 서로 눈짓을 주고받더니 나까지 태웠다.

　'아!'

　차에 오르며 나는 소리를 지를 뻔했다. 그제야 생각이 났다. 얼굴이 익다고 생각했던 그 사람은 바로 지서 주임이었다. 경찰 옷을 입지 않아서 빨리 알아채지 못했다. 나는 차 문을 닫기 전에 종만이 아저씨에게 일부러 소리를 질렀다.

　"아저씨! 지서 주임이 우릴 데려갔다고 알려 주세요."

　알려 주어야 할 사람도 없었다. 이웃들에게 우리를 끌고 가는 사람들이 지서 주임이라는 것을 못 박아 두고 싶었다.

　"알았다. 여기 일은 걱정 마라."

　종만이 아저씨도 내 마음을 읽고는 크게 맞장구쳐 주었다.

　지프차 뒤에 엄마와 나란히 앉았다. 차가 달리기 시작하자 엄마가 내 귀에 대고 나직이 말했다.

"미안타. 아들."

나는 눈길을 옮기지 않은 채 고개만 끄덕였다. '괜찮아'라는 말을 하고 싶었지만 입이 떨어지지 않았다.

신작로 자갈길을 달리느라 지프차는 크게 날뛰었다. 타고 있는 사람들을 키질하듯 흔들어 냈다. 몸을 가눌 수 없었던 엄마가 내 팔을 힘껏 잡았다. 나도 앞쪽 의자 등받이를 힘껏 잡으며 간신히 버티었다. 길가에 늘어선 포플러 나뭇잎이 늦여름 햇살 속에서 빛이 바래지고 있었다. 지프차는 신작로를 오가는 사람과 수레들을 비켜 가며 거침없이 달렸다. 앞에 앉은 사람들도 말이 없었다.

지프차는 도립 병원 안으로 들어갔다.

"여기 순이가 있던 병원 맞지?"

엄마가 창 너머로 병원을 살폈다.

넓은 마당 가운데 시멘트 건물 두 채가 버티고 있었다.

앞에 앉은 두 사람이 내리며 의자를 젖혀 주었다.

"내려."

그들은 엄마와 나를 뒤쪽 건물 구석진 병실로 데리고 갔다. 순이가 있던 건물과는 다른 곳이었다. 칙칙한 느낌이 가슴을 졸아들게 만들었다.

"저 사람이 지서 주임이야?"

엄마가 작은 소리로 물었다.

"우리가 아빠 찾으러 지서에 갔을 때 우리를 쫓아낸 사람이야."

그들이 눈치채지 못하게 속삭였다.

"지서 주임. 네 아빠를 끌고 간 그 패거리. 나쁜 놈들."

엄마는 물러서지 않겠다는 듯 그의 뒤통수를 노려보았다.

그가 병실 문을 열어 주었다. 엄마와 나는 조심스럽게 안으로 들어섰다. 벽 쪽 침상 위에 환자가 누워 있었다. 누구인지 알 수 없을 만큼 얼굴이 퉁퉁 부어 있었다. 두 눈은 감겨 있었으며, 그 눈을 타고 길게 난 상처는 입까지 이어져 있었다. 얼마나 상처가 깊은지 입술이 한쪽으로 돌아간 것처럼 보였다. 퍼뜩 쓰러진 괴물 모습이 떠올랐다.

"아니, 사람을 어떻게…."

엄마는 말을 잇지 못한 채 와들와들 떨기 시작했다.

"조용히 해요. 자기 얼굴을 벽에 찧어서 이렇게 된 거요."

주임이 엄마를 윽박지르는 듯 말을 내뱉었다.

엄마는 침을 삼키고는 숨을 몇 차례 몰아쉬더니 주임을 향해 돌아섰다.

"뭣이 어째? 벽에 얼굴을 찧어? 어디서 거짓말을 늘어놔. 당신네가 이렇게 했잖아!"

"저 사람이 알코올 중독자인 거 알아, 몰라?"

그제야 나는 환자가 순이 아버지임을 알았다. 전혀 다른 사람이 되어 있었다. 무서웠다.

"경찰서에서는 사람을 잡아 놓고 술을 주나요? 잡혀 있는데 무슨 술을 마셔."

엄마도 지지 않았다.

"순이야!"

그때 순이 아버지가 뒤척였다.

"아지씨! 징신이 드세요?"

나는 순이 아버지 손을 잡았다.

"순이야!"

순이가 오지 않았다는 이야기를 차마 들려줄 수가 없었다.

"빨리 가족에게 연락이나 해."

그들은 아주 쌀쌀하게 말하고는 돌아서 나갔다.

나는 꼭 묻고 싶은 게 있었다.

"아저씨! 우리 아빠는 어디 있어요?"

주임이 문을 닫으려다 멈추며 말했다.

"잘 있어."

"그 사람도 이렇게 만들었소?"

엄마가 버럭 소리를 내질렀다. 그는 귀찮은 얼굴로 문을 닫았다.

나는 바로 따라 나갔다. 문밖에는 경찰들이 지키고 있었고, 주임은 창문 앞에서 땀을 훔치고 있었다.

"우리 아빠는 어디 있나요?"

"잘 있다고 했잖아."

그는 버럭 소리를 질렀다. 나도 그냥 물러서지 않았다.

"어디 있냐고요?"

그는 대꾸하지 않고 손부채를 펄럭거리고만 있었다. 보고 있던 젊은 경찰이 나를 병실 안으로 밀어 넣었다.

순이 아버지는 깨어나지 못하였다. 헛소리로 순이만 찾았다.

"안 되겠다. 네가 순이 엄마라도 데려와야겠다."

"순이 엄마 도망갔잖아."

엄마가 길게 한숨을 내쉬었다.

"어디 있는지 내가 안다."

순이 엄마는 먼 곳에 있지 않았다. 어시장 난전에서 생선을 판다고 했다.

어느새 해가 기울고 있었다.

엄마가 일러 준 대로 순이 엄마를 데리러 갔다.

늦더위에 비린내가 겹쳐져 걷는 게 더욱 힘들었다. 코를 막으며 어시장 안으로 들어갔다. 한참 동안 두리번거린 뒤에 간신히 찾을 수 있었다.

나는 순이 엄마에게 순이 아버지가 입원한 일을 알렸다.

"내가 간들 무슨 도움이 된다고."

순이 엄마는 남은 생선을 뒤적이며 한참 동안 생각하였다. 나는 그 모습을 지켜보며 초조하게 대답을 기다렸다. 문득 순이 생각이 났다. 순이가 다친 이야기를 하려다가 꿀꺽 삼켰다. 순이 이야기를 듣고 싶어 하지 않을 것 같았다. 새엄마였기 때문에 순이와 크게 정이 없었다. 나를 기다리게 하는 게 미안했는지 순이 엄마가 나를 보며 한번 웃어 주었다. 웃는 얼굴이 울상처럼 느껴졌다. 나도 그렇게 웃었다. 순이 엄마는 마지못해 자리를 정리하고는 일어났다.

순이 엄마와 나는 부지런히 걸었다. 다행히 크게 어두워지지 않았을 때 병원에 도착할 수 있었다. 순이 엄마는 병원 문 앞에서 잠시 머뭇거렸다. 병실에서 멀찍이 떨어져 있던 주임이 다가왔다. 눈짓으로 '누구야?' 하고 물었다.

"순이 엄마요."

다시 '저 사람 아내?' 그렇게 눈짓을 하였다. 내가 고개를 끄덕이자 그도 고개를 끄덕이고는 물러났다. 마주치지 않으려는 게 느껴졌다. 나는 먼저 병실 앞으로 가서 순이 엄마가 가까이 오기를 기다렸다. 순이 엄마도 더 이상 망설이지 않았다.

"이런 일로 불러서 미안하네."

엄마가 순이 엄마 손을 잡았다. 순이 엄마는 별다른 대꾸를 하지 않았다. 순이 아버지 곁으로 다가가서 가만히 들여다보기만 했다.

"멀쩡하던 사람을 이렇게 만들어 놨네."

엄마가 어색한 분위기를 바꾸려고 말을 꺼냈다. 순이 엄마는 여전히 대꾸하지 않았다. 마른 나뭇등걸이 서 있는 것 같았다. 그때 순이 아버지가 또 헛소리를 하였다.

"순이야!"

순이 엄마가 얼굴을 감싸며 돌아섰다.

"정신을 차리지 못한 채 하루 종일 저렇게 순이만 부르네."

"내가 할 수 있는 게 없네요. 나는 오래전에 저 사람과 인연을 끊었어요."

순이 엄마는 고개를 천천히 가로저었다.

"그래도 어쩌겠는가. 순이도 없는 마당에 자네라도 죽게 된 순이 아버지를 돌봐야지. 정이라는 게 그렇게 쉽게 끊어지는가."

엄마가 자분자분 달랬다.

"순이가 없다니요?"

순이 엄마가 그제야 엄마를 똑바로 쳐다보았다.

엄마는 순이 엄마에게 순이가 떠나게 된 일을 이야기해 주었다. 이야기가 끝나자 순이 엄마는 또 길게 한숨을 내쉬었다.

"차라리 잘됐네요. 그 사람들을 부모처럼 의지하고 사는 게 백번 잘된 일이지요."

"그러니까 자네가 순이 아버지 깨날 때까지만이라도 돌봐 주게나."

순이 엄마는 여전히 고개를 가로저었다.

"미안해요. 형님도 아시잖아요. 저 사람은 오직 떠나간 동생과 한 약속, 그 약속 때문에 사는걸요. 그게 목숨보다 앞일걸요."

엄마는 내 눈치를 보고는 더 다른 말을 하지 않았다. 오고 가는 말들이 무엇인지 도무지 알 수가 없었다. 마치 암호를 주고받는 것 같았다. 엄마와 순이 엄마 사이에는 내가 모르는 비밀이 있는 게 확실했다.

"순이야!"

순이 아버지가 또 한 번 헛소리를 했다. 숨소리는 곧 꺼질 것같이 흔들리고 있었다.

"그만 가야겠어요. 나는 더 엮이지 않을랍니다."

순이 엄마가 일어섰다 엄마도 일어서며 순이 엄마를 부둥켜안았다.

"미안해, 억지를 부려서."

"아니지요. 내가 몹쓸 것이지요."

두 사람은 한참 동안 서로의 등을 쓸었다. 그러다가 누가 먼저랄 것도 없이 흐느끼기 시작했다. 소리를 죽이며 서럽게 울었다.

밤늦게 병원을 나섰다. 걸어오는 내내 엄마도 나도 말이 없었다. 우리 집 골목에 들어선 뒤에야 숨을 토하듯 한마디 했다.

"엄마, 내 머리에 먹구름이 가득 찼어."

엄마가 풀썩 웃었다.

"다행이네. 나는 먹구름에다가 천둥, 번개까지 쳐 대는데."

빈집인 줄 알았는데 그게 아니었다. 이웃 사람들이 우리 마당을 서성대고 있었다.

"어찌 되었소? 이장 이야기로는 순이 아버지가 죽게 되었다고…."

종만이 아저씨가 한 팔로 나를 감쌌다.

"아직 혼수상태로 있는데 그런 걱정은 안 해도 된대요."

엄마 말에 사람들은 가슴을 쓸어내렸다.

"나쁜 놈들 멀쩡한 사람 끌고 가서는 그렇게 만들다니."

종만이 아저씨 목소리가 떨리고 있었다.

"말조심하게 이 사람아, 다음 차례는 자네라는 말이 돌고 있다네."

이웃 사람들이 종만이 아저씨를 말렸다.

"그런데 이건 뭐요?"

엄마가 마루에 흩어져 있는 종이봉투를 집어 들었다.

"아, 그거 민의원 재선거를 한대요."

이웃 사람들이 불만을 늘어놓는 사이에 엄마는 그 종이들을 확 움켜쥐더니 부엌 아궁이에 던져 버렸다.

"사람들 다 잡아넣은 뒤에 투표한다고? 소가 웃을 일이야."

재선거가 불기 없는 아궁이에서 재투성이가 된 채 나뒹굴었다.

답답한 9월

9월이 되었다.

순이 아버지의 혼수상태가 길어지자 엄마는 겁을 먹기 시작했다.

"어떡하지?"

나는 순이를 데려오고 싶었다. 순이가 오면 눈을 뜨고 일어날 것
만 같았다.

"뭘?"

엄마도 내가 말한 뜻을 알면서도 일부러 딴전을 부렸다.

"차라리 순이를 데려오자고."

"순이를…."

엄마는 내 눈을 피하며 중얼거렸다.

엄마와 나는 마냥 머물 수가 없어서 병원을 나섰다. 길거리에는
민의원 재선거 벽보가 나붙어 있었다. 이번에는 누가 나왔나 싶어

서 읽으려 하자 엄마가 내 옷자락을 잡아끌었다.

"눈길도 주지 마라."

"재선거한다잖아. 아빠와 아는 사람이 이번에는 있나 보는 거야."

"다 쓸데없는 짓이야."

곧게 뻗은 신작로를 걸어가야 한다는 게 겁이 났다. 늦더위가 만만치 않았다. 미루나무 그늘을 따라 걸었지만 땀이 온몸을 적셨다.

"엄마, 좀 쉬었다 가자."

갈대밭과 신작로가 맞닿은 곳. 큰 팽나무 그늘이 있는 자리였다. 나는 넓게 펼쳐져 마침내 바다에 닿는 갈대밭을 바라보았다. 피가 뚝뚝 떨어지는 순이를 업고 달려왔던 둑길이 풀에 덮여 있었다. 갈대밭을 왜가리처럼 휘적이며 홰기를 뽑는 순이를 다시는 볼 수 없을 것 같았다.

'순이를 데리러 갈까?'

마침 갈대밭을 지나온 바람이 시원하게 얼굴을 감쌌다. 바람에 그 생각을 얹어 보았다. 대답은 없고, 설움이 울컥 북받쳤다.

"어떡하지?"

엄마가 혼잣소리로 말했다. 병원에서 내가 한 말이었다. 나도 똑같이 되물었다.

"뭘?"

엄마는 길게 한숨을 내쉬었다. 이제 한숨은 엄마의 습관이 되어 버렸다.

"순이를 데리고 와야 할지, 좀 더 기다려 봐야 할지…"

엄마도 멀리 갈대밭 끝에 펼쳐지는 바다를 보고 있었다. 보고 싶은 얼굴들이 그 바다 위에 하나씩 얹히고 있었다. '애가 탄다, 애가 타.' 엄마 얼굴에는 그런 마음이 새겨지고 있었다.

물총새 한 마리가 날아와 수로 물문 위에 앉았다. 온몸을 흔들어 깃털에 묻은 물을 떨어냈다. 뒤따라 또 한 마리가 날아와서는 가까이 앉았다. 파란 깃털과 노란 깃털이 어울리며 반짝이고 있었다. 서로 날고, 쫓고, 날고, 쫓으며 포르르, 포르르 함께 날았다.

"내가 갔다 올게. 다리가 나았는지도 궁금하고…"

"그래 줄래?"

기다렸다는 듯 엄마가 반겼다. 그러나 얼굴에는 '미안하다'는 안타까움을 가득 담고 있었다.

마침 종만이 아저씨 수레가 다가왔다.

"병원 갔다 오는구나."

종만이 아저씨가 수레 뒤를 치우며 우리 자리를 만들었다.

"너무 더워서 더 걸을 수가 없었는데 마침 아저씨를 만났네요."

"9월인데도 별나게 덥네. 그래 순이 아버지는 좀 어때?"

"아직요."

아저씨는 혀를 끌끌 차며 혼잣소리로 말했다.

"순이가 멀리 떠난 것도 모르겠구먼."

소가 천천히 수레를 끌었다. 그때까지 말이 없던 엄마가 걱정스럽게 물었다.

"앞으로 어떻게 살아야 하지요?"

엄마는 땅 빼앗긴 이야기를 꺼냈다.

"세상이 아버지 나오면 같이 배나 탈까 봐요."

"배는 타게 둘까요?"

"그것까지 막을까요? 바다에다 경계를 그어 놓은 것도 아니고, 주
인이 따로 있는 것도 아닌데."

"아저씨! 나도 데려가 주세요."

"그럴게. 우리 신나게 배 타고 나가서 어디 고래 한번 잡아 보자."

"고래요?"

"그래. 물고기 주인이 따로 있는 것도 아닌데 뭔들 못 잡을까. 같
이 나가 보자고."

"좋아요."

나와 아저씨는 큰 소리로 외치고는 크게 웃었다. 누가 웃긴 것은
아니었지만 그냥 그렇게 웃고 싶었다. 정말 오랜만에 소리 지르듯
마음껏 웃었다. 엄마도 마지못해 풀썩 웃었다.

뜨거운 하늘을 올려다보고 손으로 해를 가렸다. 손바닥 그늘이
얼굴에 내려앉았다. 갈대밭 위로 한 무리 새 떼가 원을 그리다가 내
려앉았다.

굴뚝 높은 집

병원에서 돌아온 엄마는 가죽장화가 건네준 명함을 꺼냈다.

"여기 주소도 있네."

"이리 줘. 옮겨 적을게."

나는 공책 마지막 장을 찢어서 주소와 공장 그리고 아저씨 이름을 적었다. '대성직물 신명철' 이름을 읽어 보았다. 공장 주인일까 아니면 직원일까, 괜히 그게 궁금했다.

"대구역에 내리면 공장 굴뚝이 보인다고 하던데 잘 기억해라."

"걱정 마."

엄마는 종이쪽지를 당겨 가서 확인하였다.

"내일 바로 다녀오너라. 그런데 데리고 오자니 그것도 또 걱정이다."

엄마는 순이를 데리고 올까 말까 여전히 결정을 못 하고 있었다.

"뭐가?"

"순이에게 뭐라고 할 거야?"

"너무 걱정 마. 내가 알아서 할게."

"어떻게 하려고?"

"순이를 만나 보면 할 말이 나올 거야."

엄마는 더 이상 말을 하지 않았다.

대구역을 벗어나 큰 도로와 마주하였다. 자동차와 자전거, 사람들이 부지런히 오고 갔다. 높다는 그 굴뚝부터 찾았다.

'대성직물.'

과연 가죽장화가 말한 것처럼 대구역 뒤쪽 멀지 않은 곳에 굴뚝이 보였고, 굴뚝에는 크게 '대성직물'이라는 글자가 세로로 적혀 있었다. 굴뚝 방향으로 길을 잡고 걸었다. 길을 따라 왼쪽으로 돌고, 다시 돌면서 도로를 따라갔다. 굴뚝은 가까워지고 글자는 더욱 선명하게 다가오며 걸음에 힘을 더해 주었다.

대성직물 담벼락은 높고 길었다. 담 위에는 철조망까지 얹혀 있었다. 한 마을을 둘러놓은 것처럼 길게 느껴졌다. 나는 문을 찾기 위해 그 담벼락을 따라 또 한참을 걸었다. 대문도 엄청나게 컸다. 어떻게 대문으로 들어가야 할지 몰라서 대문 앞을 살피며 몇 차례 얼쩡거렸다. 그런 나를 보고는 경비를 하던 사람이 큰 문 곁에 붙은 작은 문을 밀고 나왔다.

"애! 여긴 아이들 오는 데가 아니야. 얼쩡대지 말고 가."

손을 휘젓는 그에게 다가갔다.

"여기가 대성직물 맞잖아요."

들어가려던 그는 멀뚱하게 나를 바라보았다.

"그런데?"

"제가 이분을 찾아왔거든요."

나는 재빨리 '신명철'이라고 적힌 공책 종이를 내밀었다. 삐뚤삐
뚤한 글자가 조금 부끄러웠다. 나는 속으로 '잘 쓸걸' 짧게 후회하
였다.

그는 종이에 적힌 이름과 나를 번갈아 보았다.

"이 사람을 어떻게 알아?"

가죽장화와 만난 이야기를 어떻게 해야 할지 몰라 잠시 더듬거렸
다. 그러다가 재빨리 순이 이야기를 꺼냈다.

"이분이 우리 순이를 데려갔거든요. 총 맞은 아이요. 치료를 하려
고요."

나는 내가 무슨 말을 하고 있는지 정신이 하나도 없었다. 그제야
그가 빙긋이 웃으며 고개를 끄덕였다.

"그 아일 찾아왔구나. 네가 오빠냐?"

나는 그 아이가 바로 순이일 거라는 생각에 고개부터 끄덕였다.

"예, 예에."

그는 다시 경비실로 들어가서 누군가와 연락을 주고받았다. 나는 그사이에 높다란 굴뚝을 올려다보았다. 하늘에 맞닿을 것 같은 굴뚝과 그 아래 공장에서 울리는 기계 소리가 무척 낯설었다. 상상도 해 보지 못한 모습이었다. 잠시 뒤에 그가 다시 나오더니 나에게 손짓을 하였다. 그는 내 손을 잡더니 공장 안을 살펴볼 수 있는 곳까지 데리고 갔다.

"잘 봐. 길 왼쪽은 공장이야. 그쪽으로 가면 안 돼. 이 길을 쭉 따라가면 그 끝에 집이 하나 보일 건데, 사택이야. 그 집에 가면 돼. 다음에 올 때는 이 문으로 오지 말고 사택 뒤로 작은 문이 있어. 그쪽 초인종을 누르면 돼."

그는 내 등을 슬쩍 밀었다. 집을 제대로 찾았다는 기쁨보다 조바심으로 가슴이 콩닥거렸다.

'순이 다리는 어떻게 되었을까? 같이 있는 사람들은 착한 사람들일까? 순이에게 잘해 줄까? 순이가 힘들지는 않을까?'

생각들이 꼬리를 물었다.

'순이에게 아버지가 병원에 입원했다는 말을 할까 말까? 가자고 하는 게 맞다, 아니다, 맞다, 아니다.'

고민하는 사이에 사택 앞까지 오게 되었다.

"세상아!"

순이가 손을 흔들며 달려왔다. 나는 멈춰 서서 마주 오는 순이 다리를 살폈다. 그런데 많이는 아니지만 약간 걸음이 불편해 보였다.

"너 다리 괜찮아?"

나는 얼굴보다 다리를 보며 그렇게 물었다.

"응, 많이 좋아졌어. 차츰 좋아질 거래. 근데 너 어떻게 왔어?"

순이가 환해진 얼굴로 내 손을 잡았다. 늘 울상이고, 구석진 담벼락에 쪼그려 훌쩍이던 순이가 아니었다.

그 순간, 나는 순이에게 가자는 말을 하지 말아야겠다고 결정하였다. '순이는 여기 있어야 한다. 여기 있어야 한다.' 그런 다짐을 반복했다.

"순이야!"

"왜 그래? 내 얼굴에 뭐가 묻었어?"

나는 순이 얼굴에서 눈을 떼지 못하였다. 순이가 민망했는지 손을 놓고는 내 어깨를 슬쩍 밀쳤다. 나는 얼른 고개를 저으며 한발 물러섰다.

"어떻게 왔어? 무슨 일이라도 있는 거야?"

"아, 아니. 네가 잘 지내나 싶어서…."

그때 공장 문이 열리면서 가죽장화가 나왔다.

"어, 멀리서 귀한 손님이 오셨네. 순이야, 손님을 밖에다 세워 놓으면 어떡해. 안으로 모셔야지."

가죽장화는 두 팔을 활짝 펼치며 다가와서는 나를 덥석 안더니 등을 툭툭 두드렸다. 콩닥거리던 가슴이 온데간데없어졌다. 순이가 앞서자 가죽장화는 내 어깨를 감싸고 안으로 들어갔다.

"우리 사모님이야."

순이가 거실 가운데 의자에 앉아 있는 여자를 소개했다. 나는 허리를 깊숙이 숙여 인사했다. 사모님이라는 아주머니는 일어나지 않은 채 고개를 끄덕이며 웃어 주었다.

"우리 순이 남자 친구구나. 순이가 늘 이야기하더니 정말 늠름하네."

아주머니의 그 말이 참 따뜻했다. '참 좋은 분들이구나' 하는 생각이 들었다.

나는 다시 다짐했다.

'순이에게 아버지 이야기를 하지 말아야지.'

"자, 자. 순이가 오랜만에 친구를 만났으니 네 방으로 가서 밀린 이야기를 나누렴. 나는 손님이 계셔서 공장에 간다. 당신도 좀 쉬구려."

가죽장화는 아주머니 뒤로 가더니 의자를 밀고 방으로 들어갔다. 휠체어였다. 순이가 나를 잡아끌었다.

"내 방으로 가."

"네 방도 있어?"

내 방에 얹혀 있던 순이에게 방이 따로 있다니 놀라운 일이었다. 순이를 따라가는 내 발이 구름을 딛듯 가벼웠다. 기분 좋은 꿈속을 걸어갔다.

정신없이 방을 둘러보는 나를 순이가 가만히 지켜보았다.

"세상아! 우리 아버지와 네 아버지 소식은 들었어?"

나는 그 말을 제대로 듣지 못했다.

"으으, 뭐, 무슨 말을 했지?"

"얘가 참, 정신 차려. 우리 아버지가 풀려나셨냐고?"

나는 잠깐 할 말을 정리하였다. 실수하면 안 되니까.

"아니, 아직… 곧 나오신댔어."

얼렁뚱땅 둘러댔다. 그러고 바로 말을 이었다.

"네 엄마는 시장에서 생선 장사를 하시더라. 그리고 종만이 아저씨가 우리 아빠하고 너희 아버지 같이 나오시면 바다로 나갈 거라고 하셨어. 고래도 잡을 거래."

거짓말을 시작하자 마치 책을 읽듯 술술 이야기가 꼬리를 물었다. 거짓말을 거짓말로 덮으려다 거짓말에 덮인다는 말이 딱 맞았다.

"바다로 나간다고? 세 분이 친하니까 같이 일하시면 좋겠다. 우리 아버지도 바다에 나가면 술을 마시지 않겠지. 빨리 그렇게 되었으면 좋겠다."

"넌 여기가 좋아?"

"응, 참 좋아. 내년엔 중학교도 갈 거야. 야간이지만 열심히 할 거야."

나는 궁금하던 말을 꺼냈다.

"아까 그 아주머니 다리가…."

순이가 뜸을 들이며 슬쩍 웃었다.

"공장에서 일하다가 떨어지셨는데 치료가 늦었대. 그때는 아저씨 형편이 아주 어려워서 치료를 제대로 못 하는 바람에 다리를 못 쓰게 되었대. 지금은 공장 관리를 맡아서 형편이 나아졌는데 그때는 무척 어려웠던가 봐. 내가 다쳤을 때 아저씨는 그때 사모님 일을 떠올렸대. 그래서 나를 데리고 와서 치료를 서둘렀다고 하셨어. 사모님도 참 좋으셔."

"참 좋으신 분들이구나. 너는 치료만 받는 거야?"

"아니, 나는 사모님을 돕는 거야. 다리가 불편하시니까 내가 도와주는 거지. 산책도 같이 하고, 심부름도 하고, 집안일도 해. 힘들지는 않아."

순이는 '힘들지는 않아'라는 말을 조금 크게 했다. 내가 걱정할까봐 미리 못 박아 두는 느낌이었다. 그러나 순이의 눈에 집을 그리워하는 마음이 설핏 지나갔다. 나는 애써 못 본 체했다. 내가 말을 하지 않자 순이가 말을 이었다.

"집에 가고 싶을 때도 있는데 사모님을 돌봐야 하니까 자리를 비울 수가 없어. 네가 한번씩 와서 소식 전해 줘. 우리 아버지 나오시면 꼭 알려 주고. 또 너희 엄마에게도 내가 잘 있다고, 걱정하시지 말라고, 꼭 전해 줘."

"그, 그럴게."

"약속."

순이는 장난스럽게 새끼손가락을 내밀었다. 나도 가라앉은 분위기를 떨치려고 손가락을 걸고는 힘껏 흔들었다. 우리는 마주 보며 크게 웃었다. 아, 웃는 순이 얼굴이 무척이나 좋았다.

순이가 아주머니를 돌보는 사이에 나는 혼자 방을 지켰다. 아무 것도 없이 지내던 순이에게는 천국 같은 방이었다. 또 다짐했다.

'순이에게 아버지 이야기는 하지 말아야지.'

할 말은 제대로 전하지 않은 채 시간이 흘러갔다.

순이가 오더니 가죽장화가 찾는다며 거실로 나오라고 했다.. 손님과 함께 있었다.

"순이와 같이 만난 아이야. 사고 났을 때 내가 도움을 많이 받았어. 인사드려라. 돌아갈 때 여기 이 기자가 길동무해 주실 거다."

손님에게 나를 소개했다.

"안녕하세요."

나는 손님을 향해 허리를 굽혔다.

손님은 찻잔을 내려놓으며 나를 보았다.

"친구 만나러 먼 길 왔다며, 혼자 여기까지 찾아온 걸 보면 똑똑하구먼."

"그래, 순이를 보니까 어때? 다른 볼일은 없고?"

"순이 다리가 다 나았는지, 잘 지내는지 보고 싶어서 왔어요."

얼버무렸다. 가죽장화에게도 거짓말을 하고 말았다.

"순이가 오고부터 아내가 많이 밝아졌어. 순이가 얼마나 살가운지 내가 복덩이를 얻었어. 월남한 뒤 친척도 없어 무척 외로웠는데 딸을 얻은 것만 같아. 그래서 우리 딸 하자니까, 저 녀석이 안 된대. 아버지도 있고 새엄마지만 엄마도 있대."

가죽장화는 손님에게 순이 칭찬을 하며 유쾌하게 웃었다.

"사람을 귀하게 여기며 살아온 네 삶이 이런 결과를 얻은 거야. 피난 내려와서 그동안 고생은 또 얼마나 했냐. 좋은 씨를 뿌렸으니 좋은 곡식을 거두는 게 당연하지."

"내가 한 게 뭐가 있다고, 다 주변 사람들 도움이지."

가죽장화는 아주머니와 순이를 돌아보며 가만히 웃었다. 순이도 환하게 웃었다.

아, 정말 내 마음도 편안해졌다.

기자 아저씨

순이와 헤어져 공장 문을 나서며 낯설던 굴뚝을 다시 한번 올려다보았다. 마치 하늘을 떠받치고 있는 듯 까마득했다. 어쩌면 순이도 그렇게 멀어질 것 같다는 생각이 들었다. 그때야 거짓말한 게 후회되었다.

손을 흔드는 순이가 점점 멀어지고 있었다. 마음과 달리 내 걸음은 자꾸만 다른 곳으로 가고 있었다.

"세상아! 우리 아버지 풀려 나오시면 나 잘 있다고, 걱정 말라고, 엄마에게 잘해 주라고 꼭 전해 줘."

순이는 또 같은 말을 외쳤다.

나는 손을 크게 저으며 속으로 말했다.

'미안하다. 거짓말해서 미안해.'

가슴 가득 후회를 안고는 기자 아저씨 뒤를 부지런히 따라붙었다.

가죽장화가 우리 두 사람 기차표를 끊어 주었다.

"하 교수가 도움을 줄 거야. 첫 취재 잘해. 전국에서 유일한 재선 거라서 모두 지켜보고 있네. 단단히 마음먹고."

가죽장화가 기자 아저씨에게 눈을 찡긋했다.

"알았어."

"세상아! 엄마께 순이 잘 있더라고 전해 줘. 네가 본 대로만 이야기해."

나는 가죽장화에게 고개를 끄덕하며 웃어 주었다. 얼굴이 굳어져 이상하게 보였을 것 같았다.

기자 아저씨는 무거운 가방을 짐받이에 올려 두고는 내 옆에 앉았다. 기차 안은 제법 더웠다. 아저씨가 신문을 꺼내서 부채질을 했다. 나는 재빨리 기차 창을 더 넓게 열었다.

"지금은 창을 열어도 소용없어. 기차가 달려야 바람이 들어올 거야."

아저씨 말에 머쓱해져 다시 자리에 앉았다. 괜한 일을 한 것 같아 후회되었다. 온통 후회할 일만 만든 날 같았다.

부채질을 하던 아저씨가 내 등을 쳤다.

"너 표정이 영 어둡다. 여자 친구를 두고 가는 게 슬픈 거야?"

아저씨가 짓궂게 내 얼굴을 살피며 웃기려고 했다.

"아, 아뇨. 너무 더워서요."

"9월인데도 조금 덥긴 덥네. 그런데 말이야, 나는 궁금한 걸 못 참거든. 네게 물어볼 게 두 가지 있는데 대답해 줄 수 있지?"

말을 걸어오는 아저씨 말투가 다른 사람들과 조금 달랐다. 그래서 멀뚱멀뚱 쳐다보았다. 그는 내 기분은 상관하지 않는 듯했다.

"첫째, 순이라는 아이, 네 친구 말이야. '아버지가 풀려나오면'이라던데 그 아이 아버지가 어디 잡혀갔어? 무슨 죄를 지었어?"

나는 어떻게 할까 망설였다. 참 곤란했다. 그렇지 않아도 순이에게 거짓말한 게 마음에 걸려서 영 찜찜한 중이었다.

"시골에서 죄지을 게 뭐가 있다고 잡혀가?"

그가 대답을 재촉했다.

"맞아요. 죄지은 것도 없는데 억울하게 경찰이 잡아갔다고요."

"그래?"

"보리밭에 불을 질렀다고요. 불을 지른 사람은 따로 있는 것 같거든요. 우리 아빠도 같이 잡혀갔어요."

그는 고개를 갸웃거리며 혼잣소리처럼 중얼거렸다.

"불을 질렀다, 방화 사건이라…. 잡혀간 게 며칠이지?"

갑자기 그렇게 물으니 날짜가 떠오르지 않았다. 그러다가 '아!' 하면서 생각 하나가 불쑥 솟았다. 불이 난 날이 내 생일이고, 아빠가 잡혀간 날이 그다음 날이었다.

"6월 1일 아니, 아니 6월 2일이요."

"벌써 석 달이 넘었네. 그런데 아직 나오지 않았다. 재판은 있었어?"

"아뇨."

"재판도 없이…."

"우리 아빠는 어디 있는지도 모르고요, 순이 아버지는 심하게 다쳐서 경찰에서 병원으로 옮겼어요. 제가 오늘 순이에게 간 것은 아버지가 입원했다고 알리러 갔어요. 그런데 그걸 말하지 못하고 거짓말을 했어요."

나도 모르게 울음을 터뜨리고 말았다. 거짓말한 게 미안하고, 모든 게 너무 속상했기 때문이었다.

아저씨는 나에게 부채질을 해 주었다. 내 마음이 진정되기를 기다리던 아저씨가 다시 물었다.

"왜 그랬어? 무슨 생각으로 거짓말을 했어?"

나는 눈물을 훔치고 헛기침을 두어 번 하며 잠긴 목을 풀었다.

"순이 아버지는요, 지금 혼수상태예요. 깨어나면 다시 경찰서로 데리고 간다고 했거든요. 순이가 온대도 마음만 아플 거 같았어요. 또 순이 다리가 아직 다 나은 게 아니더라고요. 그것보다 순이는 지금이 너무너무 행복해요. 그 행복을 깨뜨리고 싶지 않았어요."

그때 내 머리에는 골목에 쪼그려 앉아 훌쩍이던 깡마른 순이와 자기 방에서 활짝 웃고 있는 순이가 나란히 떠올랐다. 눈물은 여전히 흘러내렸다.

그 모습을 물끄러미 바라보던 아저씨가 내 손을 꼭 잡았다.

"그래, 그래. 너는 거짓말을 한 게 아니야. 순이를 생각하고 내린 네 판단이고 선택이었어. 순이를 생각하는 참마음이었다."

아저씨의 그 말들이 자분자분 내 마음을 달래 주었다. 아저씨는 두 번째 질문은 하지 않았다. 오히려 내가 궁금해졌지만 참았다.

도착할 때쯤이었다.

"네 이름이 재밌더라. 성은 뭐냐?

"진 가예요, 진세상이요."

"누가 지었어?"

"아빠가 지었어요. 차별이 없는 참세상, 진짜로 좋은 세상을 살아 가라고 그렇게 지으셨대요."

"차별 없는 세상! 맞아 그게 진짜 좋은 세상이지. 그런 세상에서 너 같은 아이들이 알록달록 다양한 삶을 살아간다면 얼마나 좋겠 냐. 그런 꿈을 꾸던 아빠가 잡혀갔구나."

아저씨는 안타까운 얼굴로 나를 보았다. 아저씨가 무슨 말을 꺼 내려는데 기차가 역으로 들어가면서 크게 기적을 울렸다. 그 바람 에 말이 묻히고 말았다.

맞이방에는 생각지도 않았던 사람이 기다리고 있었다. 독립선언 문을 내게 준 교수 아저씨가 나와 있었다. 무척 반가웠다. 그런데 내 가 인사하기도 전에 기자 아저씨가 손을 번쩍 쳐들며 반가워했다.

'어, 아는 사이!'

두 사람을 번갈아 보며 인사가 끝날 때를 기다렸다. 악수하던 손을 내리며 교수 아저씨가 나를 향했다.

"어이, 독립선언문! 오랜만이야. 잘 지냈지?"

"예, 두 분은 친구세요."

"응, 친구야. 순이를 데려간 신 소장하고 우린 삼총사야."

기자 아저씨가 빙글빙글 웃으며 우리를 바라보았다.

"악연이 맺어 준 사이로구나."

"이 녀석 보통내기가 아니라고. 독립선언문에 관심이 많아."

기자 아저씨가 그 말에 껄껄껄 소리 내어 웃었다.

"네가 어린아이에게 전염시킨 건 아니고?"

둘은 또 크게 웃었다.

그사이에 우리는 맞이방 밖으로 나왔다.

"세상아! 혼자 갈 수 있어? 날이 어두워 오는데."

교수 아저씨가 어둠살이 드는 주변을 둘러보며 걱정했다.

"걱정 마세요. 병원에 엄마가 와 있어요. 같이 돌아가면 돼요."

저만큼 앞서가던 교수 아저씨가 소리치며 주먹을 불끈 들어 보였다.

"아빠 누명 벗기는 작업은 계속하고 있지?"

나는 대답할 수가 없었다. 제대로 알아낸 게 없었다. 어떻게 찾아가야 할지 어리벙벙하기만 했다.

"아, 아직."

너무나 소리가 작아서 교수 아저씨에게 전해지지는 않았다.

순이 아버지는 여전히 혼수상태였다.

"잘했다. 고생했다."

혼자 돌아온 나를 맞으며 엄마는 모든 일을 알겠다는 듯 짧게 말했다. 혹시라도 순이 아버지가 들을까 봐 입조심을 하였다.

병원 문을 나서며 그제야 엄마가 물었다.

"순이는 잘 있던?"

"포동포동 살이 올랐더라."

나는 일부러 말을 비틀었다.

"다리는?"

"아직, 약간 절던데 차차 좋아질 거래."

"그 집 사람들은 좋아 보이던?"

"응. 순이도 편하다고 했어."

"다행이다, 다행이야. 아버지 이야기는 하지 않았지?"

"했으면 같이 왔지."

엄마는 참았던 숨을 길게 내쉬었다. 그러고는 중얼중얼 혼잣소리처럼 길게 말을 늘어놓았다.

"아버지 못난 모습을 보면 그 어린 게 가슴만 아프지. 부모 잘못만나서 천덕꾸러기, 눈치꾸러기…."

시원한 바람이 조금씩 일었다. 새삼스럽게 가을을 느꼈다.

신작로 자갈길을 엄마와 함께 터덜터덜 걸었다. 서걱서걱 갈대 소리가 바람에 얹혀 왔다. 팽나무 곁을 지날 때 순이 생각이 났다. 순이 웃는 얼굴이 떠올랐다. 갈대밭 가운데서 그렇게 웃고 있으면 얼마나 좋을까 하는 생각이 들었다. 그러다 이내 고개를 흔들었다.

곧 갈대밭에서 흰날개해오라기는 떠나고 알락해오라기가 돌아올 것이다. 힘든 계절을 떠났다가, 제 계절에 찾아오는 해오라기들처럼 우리도 그렇게 떠났다가 돌아왔으면 좋겠다. 나는 어둠에 얼굴을 숨기며 그런 생각을 했다.

민의원 재선거

선거 무효가 된 영일군 을구 민의원 재선거 날이었다. 이장과 그 패거리들은 골목을 누비며 마을 사람들을 데리고 갔다. 그 뒤에는 손 영감네 머슴들도 어슬렁거리고 있었다.

"투표하러 안 가요?"

종만이 아저씨가 지나가다가 들어왔다. 엄마가 외치듯이 말을 받았다.

"정해 놓고 하는 투표 난 하기 싫어요."

엄마는 골목을 어슬렁거리는 청년단 패거리들 들으라고 일부러 큰 소리를 냈다. 종만이 아저씨가 화들짝 놀라며 담 너머를 살폈다.

"반대할 사람들 다 잡아 가두고 저희끼리 짬짜미 투표 참 재미겠네요."

엄마는 더 크게 소리쳤다.

"진상순도 없고, 주익노도 없는데 이번엔 누굴 잡으려고 우리 골목에 버티고 있나."

진상순은 우리 아빠고, 주익노는 순이 아버지였다.

"그만하소. 또 해코지하면 어쩌려고."

종만이 아저씨가 달랬다.

"나는 이제 무서운 게 없네요."

엄마가 들으려 하지 않자 종만이 아저씨는 그만 자리에서 일어났다. 엄마는 한참 동안 더 화풀이하듯 소리를 퍼부었다.

그때 내 머리에서 번쩍하며 생각 하나가 떠올랐다. '아빠 누명 벗기는 일' 나는 부리나케 골목으로 뛰어나갔다. 엄마의 고함 덕분인지 어슬렁거리던 괴한들은 보이지 않았다. 멀리 종만이 아저씨가 골목을 돌아가고 있었다. 그 꽁무니를 쫓아갔다. 아저씨는 투표소로 가고 있었다.

"아저씨! 물어볼 게 있어요."

"뭘?"

"아저씨하고 우리 아빠는 같이 자유당 후보를 반대했잖아요."

"그랬지."

"그런데 우리 아빠와 순이 아버지는 경찰이 잡아갔는데 아저씨는 여기 있잖아요."

그사이에 아저씨와 나는 투표소가 있는 면사무소 마당으로 들어서고 있었다.

"그 이야길 하자면 길다. 내 투표하고 와서 천천히 얘기하마. 내 맞아 죽어도 오늘 투표는 한다."

아저씨는 싸우러 가듯 주먹을 불끈 쥐고 투표장으로 들어갔다.

나는 철문 밖에서 아저씨가 나오기를 기다렸다. 사람들은 세 명, 네 명씩 짝을 만들어 투표장으로 들어갔다. 지난번처럼 괴한들은 보이지 않았다. 그나마 다행이라는 생각을 했다. 그런데 이상한 게 지주 손 영감네 머슴들이 투표하고 나온 사람들을 한쪽으로 데리고 가서는 잠깐씩 이야기를 나눈 뒤에 집으로 돌려보냈다. 도대체 무슨 이야기를 주고받는지 궁금했다. 경찰들은 정복을 입은 채 면사무소 주변을 어슬렁거렸다. 경찰을 보는 순간 머리끝이 쭈뼛해지는 말이 하나 떠올랐다.

"네놈들 때문에 우리가 골치 아파졌다고."

들불이 난 날 밤, 경찰이 아빠를 노려보며 비아냥대던 말이었다. 싸늘한 그 눈빛이 내 눈앞에 나타났다가 사라졌다. '아차' 하며 가슴이 덜컥 떨어졌다.

'종만이 아저씨!'

나는 벌떡 일어나 투표장 문 앞으로 다가갔다. 안을 들여다볼 수가 없었다.

지난 선거에서 잘못을 저지른 것은 경찰과 청년단원들이었다. 그런데 그들은 재선거 책임을 오히려 아빠와 아저씨들에게 뒤집어씌웠다. 선거 무효 판결이 있고부터 못 잡아먹어 으르렁거리던 그들이 종만이 아저씨를 그냥 둘 리가 없었다. 무슨 일을 벌일 것만 같았다.

'아빠를 납치까지 했던 놈들인데.'

지난번 민의원 선거기간 동안 있었던 일들이 하나하나 떠올랐다.

아빠는 자유당이 아닌 야당 후보 선거운동에 나섰다. 괴한들이 마을에 나타난 것도 그즈음이었다. 낮에는 이웃 사람들이 모두 들로 나가 버리기 때문에 선거운동은 주로 저녁에 이루어졌다. 하지만 아빠는 들에서 선거운동을 했다. 이 밭 저 밭, 이 논 저 논을 옮겨 다니며 야당 후보를 알렸다. 이를 눈치챈 자유당에서 괴한을 보내 아빠를 협박하였으며, 나중에는 납치하려고 나섰다. 아빠는 그 낌새를 알아채고 아예 집에 들어오지 않았다. 보리가 내 어깨높이만큼 자랐을 때였기 때문에 보리밭 가운데 숨어 지냈다. 그들은 협박이 통하지 않자 야당 후보자가 아예 등록을 못 하게 방해하였다. 후보 등록일에 야당 후보자와 함께 아빠가 사라지고 말았다. 마을 사람들 사이에는 아빠와 야당 후보가 납치되었다는 소문만 퍼져 나갔다. 아빠는 투표가 끝난 날 저녁에서야 집으로 돌아왔다. 어디에 잡혀가 있었는지는 말하지 않았다. 엄마가 물었지만 길게 한숨만 내쉬었다. 야당 후보 없이 자유당 후보가 당선이 되긴 했지만 법원에서 끝내 선거 무효 판결을 내리는 바람에 재선거를 하게 되었다.

까치발을 하고, 유리에 이마를 대고 두 손으로 햇빛을 가린 채 안을 들여다보았다. 간신히 안을 살필 수 있었다. 사람들은 셋씩, 넷씩 짝을 지어 투표소 안으로 들어가고 있었다. 비밀투표는 온데간데없이 사라졌다.

'아니, 저건 또 뭐야?'

이상한 모습이 또 눈에 들어왔다. 기표소 위에 큰 창이 있었으며, 그 창으로 투표하는 사람들을 내려다보고 있었다. 그 안쪽에는 면장이 앉아 있었다. 그 옆에 아는 얼굴이 보였다. 바로 지주 손 영감이었다. 누가 어느 후보에게 찍는지를 그들은 지켜보고 있었다. 그때 고함 소리가 들렸다.

"이게 비밀투표야!"

투표하려고 기다리고 있던 종만이 아저씨였다. 투표소 안으로 괴한들이 들이닥쳤다. 그들은 종만이 아저씨를 둘러싸더니 입을 틀어막고는 다짜고짜 두들겨 팼다. 종만이 아저씨는 머리를 감싸 안고 그 자리에 고꾸라졌다. 투표하려고 들어오던 사람들은 겁에 질려 한쪽으로 몸을 피했다.

어디서 용기가 났는지 나는 투표소 안으로 뛰어 들어갔다. 나도 모르는 사이에 벌어진 일이었다.

"도와주세요!"

있는 힘을 다해 소리치면서 종만이 아저씨 위에 엎드렸다. 괴한들이 주춤하였다. 그제야 면사무소 바깥에서 어슬렁거리던 경찰들이 느릿느릿 투표소 안으로 들어왔다. 괴한들은 아무 일도 없었다는 듯 면장실 안으로 사라졌다. 경찰들은 아저씨를 잡아 일으키면서 눈을 부라렸다. 아저씨 입에서 피가 흘렀다.

"투표소 안에서 이런 소란을 피워도 되는 거야?"

"무슨 말이에요. 소란을 피운 건 저 깡패들이라고요."

나는 괴한들을 가리키며 바락바락 소리를 질렀다.

"시끄러! 처음에 소란을 만든 게 누구야? 바로 당신이야."

경찰들은 아저씨 두 팔을 잡더니 끌고 나갔다. 바로 지프차에 태우고는 사라졌다.

괴한들은 아침 일찍부터 기표소 너머 창을 통해 투표하는 사람들을 보고 있었다. 자기네들 마음에 들지 않는 사람에게는 바로 주먹을 휘둘렀다. 이 소문이 퍼지자 겁을 먹은 사람들은 아예 투표소에 나오지 않았다. 이를 종만이 아저씨는 이미 알고 있었다. 그렇지만 당당하게 투표소에 와서 잘못된 일을 잘못되었다고 외쳤다.

투표소는 이내 조용해졌다. 아무 일도 없었다는 듯 셋, 넷씩 짝을 지어서 투표소 안으로 들어갔다.

이장이 다가오더니 내 손목을 우악스럽게 잡아채고 면사무소 밖으로 끌고 나갔다.

"투표권도 없는 놈이 어디서 소란을 피워…"

그는 도로 위에다 내던지듯 나를 팽개쳐 버렸다.

누군가가 길바닥에 넘어진 나를 안아 일으켰다. 정신을 차리고 고개를 드니 기자 아저씨였다.

"아, 아저…."

아저씨는 재빨리 손가락으로 입을 막았다.

"쉿."

나도 재빨리 주변을 살폈다. 오고 가는 사람이 많았다. 우리가 서로 알고 있다는 것을 눈치챈 사람은 없어 보였다. 나는 일부러 몹시 아픈 척하며 절뚝거렸다. 아저씨는 나를 부축하여 면사무소 담벼락을 따라 구석진 곳으로 데리고 갔다.

"네 집이 어디냐?"

"이 길 끝에서 왼쪽으로 난 골목길 마지막 집이에요."

"알았다."

아저씨는 주변을 두리번거린 뒤에 말했다.

"혼자 갈 수 있지? 투표소 근처에 기웃거리지 마라. 청년단 놈들이 눈에 불을 켜고 있어."

그때 지프차 한 대가 곁으로 다가왔다.

'어!'

낯선 차가 아니었다. 순이가 다치던 날 교수 아저씨가 몰고 왔던 차였다. 과연 운전대에 교수 아저씨가 앉아 있었다.

"증거 찾기, 잘되고 있지?"

교수 아저씨가 차창을 열고 손을 흔들었다. 들불 증거를 찾고 있느냐고 묻는 거였다.

기자 아저씨가 면사무소 쪽을 스윽 살피고는 재빨리 차에 올랐다.

"세상아! 또 보자."

교수 아저씨는 손을 흔들어 주고는 차를 출발시켰다.

"어디로 가세요?"

"개표장으로 간다. 이런 부정투표는 처음 본다. 투표장 사진은 다 찍어 두었다. 밖으로 나다니지 마라. 경찰과 청년단이 같이 움직이고 있어. 그들 눈에 띄어 좋을 일이 없다. 그리고 그 경찰에 끌려간…."

기자 아저씨가 내게 하고 싶은 말을 다 하기도 전에 차는 내달리기 시작했다. 꽁무니에 흙먼지를 매달고는 멀리 사라졌다.

아빠를 구할 증거물

"어디 갔더냐?"

엄마가 멍석에다 고추를 널고 있었다.

"종만이 아저씨 잡혀갔어."

엄마가 일을 멈추고 그만 멍석 위에 퍼질러 앉았다.

"아이고, 기어이…."

엄마는 울 것 같은 얼굴이었다. 분하고 억울한 마음에 가슴을 툭툭 쳤다.

나는 투표장에서 본 일을 자세하게 이야기했다. 기자 아저씨를 만난 이야기는 빼 버렸다. 기자 아저씨를 엄마에게 설명하려면 순이와 만났던 이야기부터 꺼내야 했기 때문에 길어지는 게 귀찮았다.

"곧 나오겠지?"

"곧 나오면 얼마나 좋겠냐. 네 아빠 봐라. 그놈들은 죄 뒤집어씌우는 게 일이야."

'죄를 뒤집어씌우면 그것을 벗겨 낼 증거가 필요한 거야. 그들을 꼼짝 못 하게 할 증거, 증거를 찾기 위해서는 사건을 거꾸로 따라가 보는 거야.'

나는 아저씨가 들려준 말을 곰곰이 생각했다. 아빠 누명 벗기는 일에 나서야겠다는 생각을 하였다. 아무 일도 하지 않고 기다리기만 해서는 아빠가 돌아올 수는 없을 것 같았다.

교수 아저씨가 한 말을 다시 떠올렸다.

'기름을 뿌렸으면 그 기름을 판 가게가 있을 거야. 그 가게가 어디인지, 많은 기름을 옮겼다면 불이 난 곳에서 멀지 않을 거야. 먼저 그 가게를 찾는 게 중요해.'

"뭔 생각을 해?"

엄마가 나를 여러 번 부른 모양이었다.

"으응, 아무것도 아니야. 바람 좀 쐬다 올게."

자전거 가게에서 자전거를 빌렸다.

먼저 불이 났던 곳을 한 바퀴 돌아보았다. 새카맣게 그을렸던 흔적은 전혀 보이지 않았다. 밭에는 배추, 무가 자라고 있었고, 논에는 벼들이 자욱하게 자라고 있었다. 증거들은 말끔히 지워져 있었다. 나는 내 머리를 두어 번 쥐어박았다. 뒤늦게 증거를 찾겠다고 나선

게 너무 후회되었다.

다시 마을로 돌아와서 도로를 따라 천천히 페달을 밟으며 가게들을 살폈다. 들불이 일어났던 곳에서 멀지 않은 주유소나 석유 판매점을 찾아보았지만 없었다. 그다음 도로로 들어가서 작은 가게들을 살펴보았다. 좁은 도로에서 빠져나오자 다시 큰 도로가 이어졌다. 바깥 도로여서 다니는 사람이 드물었다. 그때 한 집이 떠올랐다. 몇 차례 엄마 심부름을 갔던 집이었다. '영일석유 판매점'은 집에서 사용하는 호롱이나 남포에 넣을 석유를 파는 집이었다. 바로 달려갔다. 석유를 담는 드럼통 몇 개가 나와 있었다. 자전거를 세우고 가게를 살폈다. 온통 기름때로 길바닥까지 검은빛이었다. 드럼통이 여러 개 포개져 있었고, 석유통도 가지런히 놓여 있었다. 기름을 퍼 올리는 펌프와 길게 뻗은 쇠 파이프도 새삼 신기하게 보였다. 됫병에 석유를 사러 왔을 때 지나쳤던 물건들이 눈에 들어왔다.

"석유 사려고?"

주인아저씨가 나오며 아는 체를 했다.

"아뇨, 그냥 구경해요."

"석유 기름집에 구경할 게 뭐가 있다고, 아버지 일로 걱정 많지?"

아저씨가 넌지시 나를 위로했다. 가슴이 먹먹해 왔다. 그런 모습을 보이지 않으려고 고개를 돌리는데 멀리 불이 났던 논밭이 눈에 들어왔다. 기세 좋게 보릿대를 쓰러뜨리던 불길이 되살아났다.

"보리밭이 그렇게 불타는 건 처음 봤다."

주인아저씨도 내 옆으로 와서 불이 났던 그 자리를 같이 보았다. 아저씨의 그 말이 마치 아빠를 나무라는 것처럼 들렸다. 그 자리를 벗어나고 싶었다.

자전거에 올라앉은 나는 한쪽 발을 내린 채 물어보고 싶은 말을 꺼냈다.

"아저씨! 들불이 나던 그날이나 그 전날 석유 사 간 사람 기억나세요?"

"석유 기름집에 기름 사러 오는 사람이 한둘이야? 그걸 어떻게 다 기억해."

"한꺼번에 많이요?"

아저씨가 고개를 갸웃거리지 않았으면 그냥 자전거를 타고 갔을 텐데 아저씨가 뭘 떠올리는 듯했다. 다시 자전거에서 한 발을 내리고는 아저씨를 살폈다.

"기억나는 게 있어요?"

"그날, 5월 말일일 거야. 아침에 손 영감네 머슴들이 기름을 제법 사 갔지."

"얼마나요?"

"다섯이 와서 양손에 한 통씩 들고 갔으니까 열 통이지. 내 그걸 기억하는 건 그 사람들이 아직 통을 돌려주지 않았기 때문이야. 그 통은 미군 부대에서 나온 거라 아주 튼튼하고 좋거든. 몇 번이나 돌려 달라고 했는데 답이 없네. 속상하지만 어떡해, 기다리는 수밖에."

"열 통이나요?"

나는 머리가 하얗게 되는 느낌이었다.

"통을 채우는 데도 한참 걸렸어. 그것도 밤에 왔더라고."

"그 기름을 어디에 썼을까요?"

"글쎄다. 그건 내가 모르지."

'감사합니다'를 외치고는 자전거를 천천히 밟았다. 지주 손 영감
네 집으로 향했다. 석유통이 어딘가에 있을 것 같았다. 그것을 찾으
면 실마리가 보일 것 같았다.

들판을 가로지른 뒤 호수를 돌자 포플러가 울타리처럼 늘어서
있었다. 호수 가장자리에 부들과 줄이 꽃대를 쳐들고 있었다. 그 안
쪽으로는 노랑어리연꽃과 마름꽃이 한창이었다. 하얗고 노란 꽃들
이 어울려 호수를 더욱 고요하게 만들었다. 아빠는 이곳을 참 좋아
했다.

"여기 오면 기분이 좋아져. 땅을 딛고, 하늘에 머리를 두고 있는
나를 볼 수 있거든. 저기 봐. 호수에 비친 네 모습을 봐. 발은 땅에
있지? 그러나 머리는 하늘에 닿아 있잖아. 신기하지? 이 모습을 보
고 있으면 말이야, 내가 당당해져. 저 물새들처럼 자유롭게 재잘거
리고 싶어져. 저 구름처럼 거침없이 날고 싶어져."

알아들을 수 없는 말들이었지만 듣고 있으면 왠지 나도 기분이
좋아졌다.

자전거를 멈추고 한참 동안 호수를 바라보며 서 있었다. 호수에 내 모습을 비추어 보았다. 아빠와 함께 있을 때처럼 기분이 좋아지지는 않았다. 아빠를 찾기 위해 할 일을 차근차근 생각해 보았다. 무엇부터 해야 할지 선뜻 떠오르지 않았다. 석유통이 발견되면 좋겠다는 생각뿐이었다. 그것이 보인다고 해도 들불과 연결할 수 있는 고리를 찾아야 했다. 답답했다. 그냥 아득하기만 했다. 다 헛된 일은 아닐까 하는 의심도 들었다.

답답한 마음으로 손 영감네 집을 한 바퀴 돌았다. 천천히 또 한 바퀴를 돌았다. 늘 머슴들이 한둘은 보이곤 했는데 조용했다. 아니, 개 짖는 소리만 요란했다. 문득 투표소에서 얼쩡거리던 머슴들이 생각났다. 모두 거기에 간 모양이었다. 그들은 손 영감의 지시로 투표하러 오는 소작인들에게 정해 준 데 투표하도록 협박하고, 확인했다.

"그 성질머리 버리고 그만 좀 조용하게 삽시다."

엄마가 아빠에게 하던 말이 떠올랐다. 아빠는 그러지 않은 게 탈이었다. 이제는 농사짓기도 글렀다. 종만이 아저씨 말대로 배를 타야 할 것 같다. 정말 고래를 잡을 수 있을까.

'산처럼 큰 고래를 만나고 싶다.'

손 영감네 집을 두 바퀴 돌았지만 석유통은 보이지 않았다. 아무런 성과가 없었다. 기운이 죄다 빠져나간 느낌이었다.

석유통 발견

생각지도 않았던 손님들이 집에서 기다리고 있었다. 기자 아저씨와 교수 아저씨가 툇마루에 앉아 있었다.

"어디 갔다 이제 오냐? 여기 손님들 오래 기다리셨어."

엄마가 짐짓 나무랐다.

"호수에 갔다 왔어."

기자 아저씨가 일어서며 내게 말을 꺼냈다.

"개표장 가다가 가만히 생각하니 아까 투표소에서 잡혀간 분 있잖아. 그분이 어떻게 되었는지 궁금한 거야. 그분이 무슨 죄가 있어? 너 알다시피 그분은 잘못된 것을 보고 잘못되었다고 외친 거야, 그런데 잡혀가고. 잘못을 저지른 사람들은 경찰의 보호를 받고. 이건 아니잖아? 넌 어떻게 생각해?"

"네 아빠 친구 종만이 아저씨 말이냐?"

엄마가 내 대답보다 먼저 나섰다.

"으응, 아까 말했잖아 종만이 아저씨 잡혀갔다고."

"그 사람은 다행히 괜찮다 했는데 그렇게 되었네요."

이번에는 기자 아저씨 말이 엄마를 향했다.

"그분에 대한 이야기를 좀 자세히 해 주세요. 기사를 쓰려면 그간의 사정을 알아야 할 것 같아서요."

"아빠 친구예요."

이번에는 내가 말했다. 그러나 엄마가 손짓으로 내 말을 막고는 곧바로 말을 이었다.

"세 친구가 독립운동하듯이 야당 선거운동을 했네요. 그 바람에 똑같이 소작하던 땅 빼앗기고, 둘은 먼저 잡혀갔지요. 종만이 그 사람은 다행이다 싶었는데 오늘 기어이 잡혀갔네요."

엄마는 안타까움에 혀를 끌끌 찼다.

"세 친구라면 세상이와 순이 아버님 그리고 오늘 그분?"

교수 아저씨가 빠진 자리를 채우듯 확인했다.

"예, 맞아요."

나는 교수 아저씨를 향해 고개를 끄덕였다.

"으흠, 그랬군요. 그분의 외침은 혼자의 외침이 아니었군요."

기자 아저씨는 종만이 아저씨가 벌인 소란에서 지난번 선거 장면을 그려 보고 있었다.

"세상아! 내가 되돌아온 이유가 바로 이거야. 너무 특별한 일이거든. 이 작은 시골에서 청년단이라는 괴한 집단과 경찰, 지주 세력이 연합하여 주민들을 통제하는데 이것을 뚫고 정의를 외치는 건 쉽지 않은 일이야. 그래서 그분들 이야기가 궁금해진 거야. 내가 궁금한 걸 못 참는다고 했지? 네가 좀 도와줘야겠다."

"그런 일을 어떻게 어린아이가 한다고 그래요?"

엄마가 내 앞을 막아섰다. 엄마는 지레 겁을 먹고 있었다.

교수 아저씨가 엄마를 달랬다.

"세상이를 다치게 하지는 않을 겁니다."

"그걸 어떻게 믿어요. 안 돼요. 우리 세상이는 안 해요. 우리는 이제 어떤 일에도 끼고 싶지 않아요."

엄마는 거세게 반대했다.

"세상이 어머니, 이 친구 이야기를 한번 들어 보세요. 이 친구는 서울서 온 기자입니다. 부정선거가 있을 거라는 정보를 듣고 몰래 들어왔습니다. 경찰이나 자유당 사람들에게 알려지면 제대로 취재를 할 수가 없어요. 그런데 아까 잡혀간, 누구라 그랬지?"

"종만이 아저씨요."

"그래, 그 종만 씨가 지금 어떤 상태인지를 알려면 지서에 들어가야 하잖아요. 우리가 들어가면 틀림없이 의심하고 종만 씨를 만나게 해 주지 않을 겁니다. 세상이가 들어가면 어린아이고, 또 이 마을 아이니까 의심받지 않고 종만 씨를 만나서 형편을 알아보고 나올 수 있다 이 말입니다. 너무 걱정 마시고 도와주세요. 만약 세상이에게 무슨 일이 생기면 그때는 저희들이 구해 내겠습니다."

겁에 질린 엄마는 선뜻 마음이 내키지 않았다.

"우리 아이 아빠도 그렇지만 종만 씨도 알려지는 걸 원하지 않을 겁니다. 자랑할 것도 없고요. 그런데 또 우리 세상이까지…."

엄마는 주저주저하였다.

"걱정 마세요. 오늘 저녁 늦지 않게 집으로 돌려보내겠습니다."

"어떡해야 하지. 아유, 정말 모르겠네."

엄마는 마음을 정하지 못하고 쩔쩔맸다.

"엄마, 걱정 마. 다녀올게. 아저씨들이 지켜 줄 거야."

나는 엄마 등을 두드리며 안심시켰다.

"아유, 정말 어떡하나."

나는 아저씨들을 따라 지프차에 올랐다. 엄마는 거의 울 것 같은 얼굴로 문간에 서 있었다. 멀어지는 엄마의 슬픈 얼굴을 보는데 문득 독립선언문 한 구절이 떠올랐다.

슬픈 일입니다. 오랜 억압과 울분을 떨치고 일어나려면, 현재의 고통을 벗어나려면, 장래의 위협을 없애려면, 땅에 떨어진 민족의 양심과 국가의 체면과 도리를 떨쳐 얻으려면, 각자의 인격을 정당하게 발전시키려면….

그 구절을 몇 차례 웅얼거리는 사이에 교수 아저씨는 지서에서 멀찍이 떨어진 골목에 차를 세웠다.

"가서 뭘 물어보고 할 틈이 없을 거야. 느낌이 중요해. 그분이 다친 곳은 없는지, 너를 보고 무슨 말을 하는지. 될 수 있는 대로 시간을 많이 끌어라. 그래야 많은 것을 볼 수 있을 거야. 내가 숨어서 지켜볼 테니 크게 겁먹지 않아도 된다."

기자 아저씨 말을 듣고 나니 조금은 안심이 되었지만 콩닥거리던 가슴이 완전히 진정되지는 않았다. 교수 아저씨가 내 손을 힘껏 잡았다 놓았다. '걱정하지 마' 그런 표정이었다. 나도 아저씨를 향해 고개를 끄덕이며 크게 숨을 들이쉬었다가 천천히 내뱉었다.

조심스럽게 지서 출입문을 밀었다. 고개를 밀어 넣고는 지서 안을 살폈다. 지서 구석 자리에 종만이 아저씨가 앉아 있었다. 가운데 책상에는 지서 주임이 앉아 있었다.

"뭐야?"

주임이 의자에서 고쳐 앉으며 출입문을 쏘아보았다. 아니 나를 쏘아보았다. 나는 문을 다 열지도 못하고 조심스럽게 안으로 들어갔다.

"저기…, 잠깐 보려고요."

턱으로 종만이 아저씨를 가리키고는 우물거리며 주임 눈치를 살폈다.

"아들이야?"

112

주임은 몇 차례 보았지만 나를 알아보지 못하는 모양이었다. 다행이었다. 반허락을 얻은 셈이었다.

"저어, 예… 예. 잠깐 얼굴만 보고 갈게요."

말을 얼버무리며 재빨리 종만이 아저씨 곁으로 가서 앉았다. 아저씨가 놀란 눈으로 나를 맞았다.

"네가 어떻게 여기 왔어?"

아저씨 얼굴이 많이 부어 있었다. 입가에는 아직 핏자국이 그대로였다. 아저씨가 손으로 부은 볼을 만졌다. 상처를 만질 때마다 얼굴을 크게 찡그렸다.

나는 윗도리 자락을 당겨 볼에 묻은 핏자국을 지워 주었다.

"많이 아파요?"

아저씨만 들을 수 있도록 아주 작은 소리로 말했다.

"참을 만해."

내 말은 줄이고 아저씨 말만 듣고 나오라고 하던 기자 아저씨 말이 떠올라서 말을 하지 않으려고 했지만 종만이 아저씨 말이 의외로 짧았다. 종만이 아저씨는 어린 나에게 상처를 보이는 게 창피하고, 괴한들에게 맞고 잡혀 온 게 분하고, 억울한 얼굴이었다.

나는 가만히 아저씨 손 위에 내 손을 얹으며 기다렸다. 아저씨가 "흐흑" 울음을 터뜨렸다. 나는 남은 한 손으로 아저씨 등을 쓸었다. 아저씨는 소리를 죽이며 한참을 그렇게 울었다. 앙다문 입술 사이로 새어 나오는 울음소리에 내 가슴도 아릿해 왔다. 한참을 그렇게 앉아 있었다. 주임이 우리 쪽을 힐끗 보고는 고개를 돌렸다. 다행히 아무 소리도 하지 않았다. 아저씨가 마음을 가라앉히고 있었다.

"아까 내가 잡혀가지 않은 이유를 물었지?"

아저씨는 그것을 기억해 냈다.

"그날 불이 난 그 시간에 나는 여기 잡혀 와 있었어."

"예! 왜, 왜요?"

아저씨는 부은 볼을 한 번 문질렀다.

"아침 일찍 손 영감 머슴이 찾아와서는 다짜고짜 소작 끝내라 하더라고. 추수할 때가 되었는데 끝내라니, 그냥 참을 수가 없더라고. 이유라도 알아야겠다고 손 영감 집으로 달려갔지. 만나 주지도 않더라. 머슴들이 달려들어 나를 대문 밖에다 팽개쳐 버리더라고. 일제강점기에도 그렇고, 광복이 되었는데도 손끝에 흙 한 번 묻히지도 않으면서 대궐 같은 집에 사는데 우린 뭐야. 말 한마디로 끝나는 우리 목숨은 도대체 파리 목숨인가, 그런 생각이 팍 드는 거야. 그만 내가 미쳐 버린 거지. 부수고, 걷어차고 난리를 피웠던 거 같아. 아무것도 생각나지 않았어. 정신을 차려 보니 여기 와 있었어. 지서에서 그날 낮밤을 꼬박 잡혀 있었던 거야. 불이 난 줄도 몰랐어. 그러니 네 아버지와 함께 나를 엮을 수는 없었겠지."

"오늘은 언제 내보내 준대요?"

"글쎄다… 오늘 밤 지내고 본서로 넘긴대나 어쩐대나, 개표가 저희들 입맛대로 되는 걸 보는 거겠지. 지난번에는 손 영감네 집에서,

이번에는 투표소에서 소란 피웠다며 걸겠지."

그러다가 갑자기 더욱 목소리를 낮추었다.

"세상아! 어제 순이 아버지가 다시 교도소로 들어갔다더라. 조금 전에 주임이 전화를 주고받는 거 내가 들었다."

"아직 기운을 차리지도 못했는데요?"

"그렇다더라. 저놈들 주고받는 말을 들으니까 엉뚱한 말로 선거를 망칠까 봐 부랴부랴 집어넣었다고 하더라. 나쁜 놈들, 왜놈 순사와 똑같은 놈들이야."

아저씨는 주임 눈치를 보며 이야기를 이어 갔다.

"어이, 꼬맹이! 같이 밤샐 거야, 이제 돌아가. 무사한 걸 봤으니까 집에 가서 기다려. 잘하면 내일 아침에 풀려날 것 같네."

주임은 선심을 쓰듯 큰소리쳤다. 그러면서 빨리 나가라는 손짓을 했다.

"예, 나갈게요."

아저씨 손을 한 번 더 꼭 잡아 주고는 일어서는데 밖에서 고함 소리가 들렸다.

"누구야! 거기 서!"

주임이 벌떡 일어섰다.

그때 급하게 문이 열리면서 아빠를 잡아갔던 그 경찰이 들어왔다.

"왜 그래?"

"예, 뒤꼍에 수상한 놈이 얼쩡거리다 도망갔어요."

기자 아저씨였을 거라는 생각이 들었다. 얼른 관심을 내게로 돌리기 위하여 일부러 큰 소리로 인사를 했다.

"안녕히 계세요. 나는 갈게요."

"아니, 네놈은 왜 온 거야?"

나는 대꾸 없이 천천히 지서를 빠져나왔다.

화가 부글부글 끓어올랐다. 지서 주변을 훑어보았다. 아무도 없었다. 차가 있는 곳으로 향했다. 다른 골목에 숨었던 기자 아저씨가 조심스럽게 나타났다.

"들켰어요?"

내 말에는 대답 없이 등을 툭 쳤다.

"잘했어."

지서 창으로 나를 보고 있었다는 느낌을 주었다.

차에 타자 교수 아저씨가 숨 돌릴 틈도 주지 않고 물었다.

"어떻게 되었어?"

"이 아저씨가 들키는 바람에 오줌 쌀 뻔했어요."

"뭐, 들켰다고?"

"잡히지는 않았어. 안에서 있었던 이야기부터 해 봐."

나는 차분하게 지서 안에서 있었던 이야기를 했다. 순이 아버지가 다시 들어갔다는 이야기를 하면서 북받치는 분함에 그만 훌쩍이고 말았다.

"분함을 억지로 삭히려고 하지 마라. 쌓아 가야 한다. 분노를 쌓고 또 쌓아서 힘이 될 때까지 기다리는 거야. 자신을 지키려고 노력하지 않는 사람은 절대 존중받지 못한다."

교수 아저씨가 매우 차가운 목소리로 내게 말했다.

"어린아이에게 무슨 그런 말을 해."

기자 아저씨가 핀잔을 주었지만 교수 아저씨는 거두어들이지 않았다.

"그래, 넌 뭐 했다고 쫓긴 사람처럼 숨을 헐떡여?"

"잡혀간 분과 세상이 모습을 지켜보고 있었지. 그런데 뒤켠에 석유통이 가득했어. 6.25 때 미군들이 머물렀나 봐. 이 시골에서 석유난로를 피울 리는 없고."

"석유통이요?"

"그래, 미군들이 쓰던 것 같던데."

"얼마나 있었어요?"

"글쎄다. 제법 많았어. 그걸 찍다가 들켰잖아."

이상한 느낌이 들었다. 영일석유 판매점에서 손 영감네 머슴들이 기름을 담아 갔다는 그 통이 아닐까? 그렇다면 그 통이 왜 지서 뒤켠에 있을까?

"사진을 찍었다고요?"

"어허, 갑자기 왜 그래? 미군 기름통을 갖고 왜 그리 반가워 해?"

그러자 교수 아저씨가 대신 대답했다.

"세상이 아버지를 잡아들인 그 들불과 관련된 것은 아닐까?"

"그 석유통과 들불?"

기자 아저씨가 고개를 갸웃거렸다. 그러는 사이에 지프차는 개표소가 있는 학교 운동장으로 들어갔다. 더 이상 이야기가 이어지지 않았다.

벌써 학교 운동장에는 사람들이 모여들고 있었다.

"이런 내 정신 봐, 너는 집으로 가야지. 이야기에 정신이 팔려서 그냥 태워 오고 말았네."

그제야 기자 아저씨가 엄마와 한 약속을 떠올렸다.

"괜찮아요. 나도 개표소 구경 좀 할래요. 석유통 사진이 나오면 제게 꼭 보여 주세요."

"그럴게."

기자 아저씨가 카메라를 들고 내렸다.

"세상아! 갈 때는 꼭 간다고 알려라. 그래야 우리도 안심하지."

교수 아저씨가 아빠 웃음을 보였다. 조금 전 차가운 말투와는 완전히 달랐다. 나도 그렇게 웃으며 고개를 끄덕였다.

위험한 심부름

"차를 여기 대면 안 되겠다."

차에서 먼저 내린 기자 아저씨가 학교 정문과 후문을 확인하더니 다시 차에 올랐다.

"어디로 옮길까?"

"아예 학교 밖에다 대는 게 좋겠어."

교수 아저씨는 무슨 말인지 알겠다며 차를 돌려 교문 밖으로 나갔다. 큰 도로와 바로 이어지는 도롯가에 차를 세웠다.

"여기가 좋겠다. 바로 빠져나갈 수 있어야지."

기자 아저씨도 차창 밖으로 고개를 내고는 연결 도로를 훑어보며 고개를 천천히 끄덕였다.

우리는 차에서 내렸다. 날이 제법 어두워져 있었다.

기자 아저씨는 카메라가 든 가방을 어깨에 메고 다시 교문 안으로 들어갔다. 사람들이 들락거리고, 투표함이 실려 오고 있었다.

"모여 있으면 눈에 띌 수 있으니까 떨어져 있자."

그 말에 교수 아저씨가 옆으로 서너 걸음 물러서며 내게 말했다.

"서로가 어디에 있는지는 늘 확인해야 한다. 너도."

나는 뒤로 멀찍이 물러서며 고개를 끄덕였다. 약간 겁이 나기도 했다. 하지만 호기심이 자꾸만 개표소 안으로 나를 끌고 갔다. 기자 아저씨가 강당으로 들어서더니 문 앞에서 안을 살폈다. 마치 사진을 찍는 것처럼 몇 차례 고개를 돌려 가며 자세하게 살폈다. 그러다가 고개를 절레절레 흔들었다. 나도 한쪽 구석에 숨어서 강당 안을 살폈다. 이상하다는 느낌이 들기는 개표소도 마찬가지였다.

투표장에 있던 괴한들이 개표소로 몰려와서 어슬렁거리고 있었다. 그중에 한 사람이 눈에 띄었다. 아빠를 끈질기게 따라다니며 괴롭히던 사람이었다. 온몸이 부르르 떨렸다. 나는 이를 악물며 교수 아저씨가 한 말을 떠올리며 분함과 억울함을 한 층 더 쌓아 올렸다. 그러자 신기하게도 용기가 생겼다. 가슴을 펴고는 교수 아저씨와 기자 아저씨를 찾아보았다. 기자 아저씨는 커튼이 있는 구석으로 슬그머니 몸을 숨기고 있었다. 그런데 교수 아저씨는 보이지 않았다. 개표소인 아래층 가장자리에는 몇 개의 계단을 두고 사무실이 있었다. 투표장과 마찬가지로 턱이 높지 않은 창으로 쉽게 넘나들 수 있게 되어 있었다. 사무실에는 괴한 여러 명이 앉아서 개표소를 내려다보고 있었다. 뿐만 아니었다. 바닥에 어지럽게 깔린 전선과 개표 탁자 위로 늘어뜨린 전등들은 강당을 더욱 어지럽게 하였다.

투표함이 점점 쌓여 갔다. 선거관리위원장이 개표를 선언하자 투표함 하나를 열어서 표를 쏟았다. 둘러선 사람들의 눈길이 투표용지로 몰렸다. 기자 아저씨는 여전히 커튼 뒤에 있었다. 이따금 카메라를 움직이는 게 눈에 띄었다. 다른 사람들은 그것을 눈치채지 못하였다. 투표함이 여러 개 열리면서 개표장 분위기가 달라지기 시작했다. 자유당 후보의 표가 뒤지고 있었다. 사무실에 있던 사람들이 일어서서 뭐라고 이야기를 주고받았다. 괴한들이 술렁거렸다. 그때 교수 아저씨가 슬그머니 나타나 내 귀에다 빠르게 속삭였다.

"지금 낌새가 좋지 않아. 너는 빨리 차 곁에 가서 대기해."

무슨 일이 벌어질 것 같은 느낌이었다. 아저씨는 괴한들 곁으로 다가가고 있었다. 아저씨 바지 주머니에서 언뜻 손전등이 보였다.

나는 아저씨 말대로 강당 입구로 옮겨 갔다.

바로 그때였다. 갑자기 전깃불이 꺼지고 강당은 어둠에 덮였다. 한 걸음도 뗄 수 없을 만큼 어두웠다.

"정전이다!"

"불 켜! 촛불 켜라고!"

고함 소리가 여기저기서 터져 나오면서 개표소는 정신없이 소란해졌다. 그때 손전등 하나가 투표함을 비추었다. 소란한 틈을 비집고 벼락같은 소리가 들렸다.

"야, 이 표 도둑놈들아! 멈춰라!"

교수 아저씨였다. 손전등에 비친 모습은 괴한들이 그들이 준비한 표를 투표함 표와 바꿔치기를 하고 있었다. 그때 카메라 플래시가 번쩍하며 터지기 시작했다. 셔터 소리가 이어졌다. 기자 아저씨였다.

"잡아라!"

그 외침과 함께 기자 아저씨가 가방을 움켜쥐고 강당 문을 향해 뛰었다.

괴한 한 명이 아저씨 앞을 막아섰다. 아빠를 괴롭히던 바로 그 괴한이었다. 나는 엉겁결에 그를 힘껏 밀어 버렸다. 그사이에 기자 아저씨가 빠져나갔다. 사무실에 있던 괴한들도 창을 뛰어넘었다. 나도 강당을 빠져나갔다. 언제 나타났는지 교수 아저씨가 강당 문을 닫으며 소리쳤다.

"여러분! 우리는 자주민입니다. 자주민!"

닫혔던 문이 부서지면서 교수 아저씨는 그 문짝 밑에 깔리고 말았다. 짧은 시간이지만 교수 아저씨가 시간을 벌어 주는 사이에 나와 기자 아저씨는 운동장을 가로질러 달렸다.

"잡아라! 교문을 막아! 바로 그 기자다."

괴한들이 쫓아왔다. 문 앞을 지키고 있던 괴한들이 교문을 닫았다. 내가 주춤거리자 아저씨가 팔을 잡아챘다. 운동장에 모여 있던 사람들 사이를 뚫고 학교 철조망을 향해 달렸다. 나는 아저씨에게 잡힌 채 마구 끌려갔다. 아저씨가 철조망을 빠져나가더니 내가 나갈 수 있도록 사이를 벌려 주었다. 정신이 하나도 없었다. 학교를 빠져나가서 달리는데 구경하러 나왔던 사람들도 영문을 모른 채 마구 달렸다.

기자 아저씨가 숨을 헐떡이며 내 목에다 작은 가방 하나를 걸어 주었다.

"잡히면 안 된다. 지금 역으로 가서 기차를 타라. 경주역에서 내리면 부산서 올라오는 서울행 열차가 올 것이다. 그 기차에서 너를 찾는 사람이 내릴 거야. 그 사람에게 이 가방을 넘겨라. 더 자세한 것은 그 가방 속에 미리 적어 두었다."

아저씨는 단숨에 거기까지 말을 하고는 나를 골목길로 떠밀어 넣었다. 그러고는 차를 타더니 바로 달려갔다. 나는 으슥한 골목 구석에 엎드려 있었다. 괴한들은 차 꽁무니를 바라보며 어쩔 줄 몰라 했다.

잠시 뒤에 같은 패거리들이 몰려왔다. 그들은 교수 아저씨의 팔을 꺾은 채 끌고 왔다.

"이놈도 한패입니다."

씩씩대는 우두머리에게 아저씨를 넘겼다.

"기자가 올 거라는 정보가 있었는데 우리가 그놈을 너무 만만하게 보았어. 지금부터 그놈이 찍은 사진과 기사가 서울로 올라가지 못하도록 막아야 해. 발이 빠른 단원 몇을 역으로 보내. 그놈을 꼭 잡아서 필름을 빼앗아야 해. 나머지는 다시 개표소로 들어가서 계획대로 밀어붙여."

말이 떨어지자 그들 앞으로 차가 한 대 달려와서 멈췄다. 괴한 셋이 차에 올랐다. 역으로 기자 아저씨를 잡으러 가는 모양이었다.

"단장님, 이놈은 어떻게 할까요?"

우두머리인 단장이 교수 아저씨의 머리카락을 잡아당기더니 소리를 질렀다.

"이봐, 교수 양반! 당신 말이야 곱게 살고 싶으면 입 다물고 있어. 오늘은 아무것도 보지 못한 거야."

몇 번 머리를 쥐고 흔들다가 와락 밀쳐 버렸다.

"놓아줘. 우리가 필요한 것은 그 사진이야. 증거를 없애는 거야."

우두머리는 개표소로 되돌아갔다. 괴한들이 그 뒤를 따랐다. 괴한 중 하나가 우두머리에게 따라붙으며 말했다.

"저놈을 그냥 놓아주어도 괜찮을까요?"

우두머리가 풀썩 웃더니 은밀하게 지시를 하였다.

"그냥 놓아주면 안 되지. 들키지 않게 우리 청년단원 하나를 붙여. 틀림없이 기자와 만날 거야. 그때 한꺼번에 잡아. 알았어?"

그들은 서로 눈짓을 주고받으며 교문 안으로 들어갔다.

온몸이 물을 뒤집어쓴 것처럼 땀으로 젖어 있었다. 너무 무섭고 긴장되어서 몸을 움직일 수가 없었다.

그들이 사라지자 교수 아저씨는 길 가장자리에 주저앉았다. 맞고, 쥐어뜯긴 머리를 만졌다. 맞은 곳보다 마음이 더 아픈지 몇 차례 길게 숨을 내쉬었다. 도로에는 서성거리던 사람들도 사라지고 휑하게 비어 버렸다. 틀림없이 아저씨를 감시하는 사람이 있을 텐데 보이지는 않았다. 나는 작은 돌맹이를 주워 아저씨 쪽으로 던졌다. 이내 아저씨가 알아차리고 주변을 살폈다. 그리고는 천천히 내가 숨은 골목 가까이로 옮겨 와 다시 주저앉았다. 서로 말을 주고받을 수 있는 거리였다.

"많이 아파요?"

"괜찮다. 물건은 받았지? 어떡하기로 했냐?"

말을 하면서도 내 눈은 교문을 향하고 있었다. 아저씨도 마찬가지였다.

"기차를 타고 경주역에서 가방을 전하기로 했어요."

"지금 포항역은 위험하다. 포항역을 피해서 효자역에서 타라. 서둘러라, 시간이 없다."

아저씨는 고개를 숙이고 혼자 중얼거리는 척했다.

나는 도로와 다른 방향으로 골목을 빠져나왔다. 달리면서 생각했다. 들키지 않고 빨리 효자역으로 가는 방법. 좋은 생각이 떠올랐다.

'자전거!'

자전거가 생각났다. 자전거 가게로 달려갔다.

다행히 가게는 문이 열려 있었다. 자주 자전거를 빌려 탔기 때문에 쉽게 자전거를 빌려주었다.

사람들 눈에 띄지 않도록 마을 바깥을 돌아서 솔안다리 대신 형
산강 납작 다리를 건너 효자역으로 달려갔다.

자전거를 역무원 숙소 앞에 숨겨 두고는 기차표를 끊었다. 다행히 기차는 아직 오지 않았다. 시간이 10분 정도 남아 있었다. 불안하여 대합실 안에 머물 수가 없었다. 역 광장으로 나가서 화장실 담벼락 뒤에 숨었다. 역으로 들어오는 사람들을 지켜볼 수 있었다. 늦은 시간이라서 기차를 타러 오는 사람은 없었다. 역무원이 개찰구로 나가는 게 보였다. 나는 재빨리 표를 확인하고 개찰구를 빠져나갔다. 곧이어 기차가 들어왔다. 기차에 타고는 먼저 사람들을 살폈다. 모두 눈을 감고 있거나 자기 일에 빠져 있었다.

눈치를 살피며 빈자리를 찾아 앉았다. 그다음 할 일을 생각했다. 가방을 열어 보았다. 기자 아저씨가 커튼 뒤에서 갈겨쓴 쪽지가 나타났다. 아저씨는 이미 일이 이렇게 될 것을 알고 있었던 모양이다.

이 가방에는 오늘 찍은 부정 투표와 개표에 대한 필름이 있다. 경주 역에 도착하면 부산에서 올라오는 기차가 들어오는 곳으로 가라. 그 기차에서 내린 사람이 이만섭을 찾을 것이다. 그러면 가방을 넘겨라. 네 역할은 거기까지다. 그런데 만약 가방을 받겠다는 사람이 나타나지 않으면 네가 그 기차를 타야 한다. 대구까지 가는 도중에 가방을 받으러 오는 사람이 있을 거다. 꼭 이만섭을 찾는 사람에게 주어야 한다. 조심.

기차가 정차할 때마다 긴장이 되었다. 목을 움츠리고는 들어오는 사람들을 살폈다. 안강역을 지날 때였다. 어디서 본 듯한 청년 둘이 손님들을 살피며 들어왔다. 청년단이었다. 엉겁결에 곁에 앉은 아주머니에게 말을 걸었다. 심심하였는지 아주머니는 고맙게도 이야기를 받아 주었다. 나는 일부러 크게 웃는 얼굴을 만들었다. 마치 엄마와 아들이 집으로 돌아가는 것처럼 보이게 했다.

"어린아이 혼자일 거라고 했지?"

"맞아. 기차 안 어디에 숨어 있을 거야."

"화장실을 빠짐없이 살펴."

그들은 내 얼굴을 훑어보고는 멈칫하는 듯했다. 온몸이 얼어붙었다. 천천히 아주머니와 나를 훑어보던 그들은 다른 칸으로 갔다. 나도 모르게 길게 숨을 내쉬었다. 이야기를 나누던 아주머니가 이상하다는 얼굴을 하였다.

"얘야! 어디 아파?"

"죄송합니다. 저들에게 잡히면 안 되거든요. 나쁜 사람들이에요. 아주머니가 도와주셔서 살았어요. 고맙습니다."

그제야 그 아주머니도 고개를 끄덕이며 건너편 칸을 살펴보았다. 그들은 이미 또 다른 칸으로 넘어가고 있었다.

쫓아오는 괴한들

경주역에 도착하였다.

나는 속으로 빌었다.

'제발 그 사람이 나타나서 빨리 이 가방을 넘기게 해 주세요.'

부산에서 출발한 서울행 기차를 기다렸다. 가만히 서 있을 수가 없었다. 청년단원들이 뒷덜미를 잡아챌 것만 같았다. 기둥 근처를 서성거리거나 낯선 아주머니나 아저씨 곁에서 같이 온 것처럼 얼쩡거리며 주변을 살폈다. 시간은 왜 그렇게 꾸물대는지, 지쳐 갈 때쯤 기차가 들어왔다. 대구나 서울로 향하는 사람이 무척 많았다. 내리고 타는 사람들이 엉키면서 갑자기 복잡해졌다. 나는 목을 뺀 채 내리는 사람들을 살폈다. 청년단원 두 사람이 바쁘게 돌아치는 모습이 눈에 들어왔다. 재빨리 기둥 뒤로 숨었다. 그들에게 들키지 않으려면 그들을 놓치지 않아야 했다. 나를 숨긴 채 그들을 살핀다는 게 여간 힘든 게 아니었다. 또 가방을 받으려는 사람에게는 나를 보여야 했다. 가슴이 졸아들었다.

'제발 나타나 주세요. 제발.'

기도가 통하지 않았다. 다가오는 사람은 없었다. 그런데 서울행 기차가 기적을 울리고는 덜커덕덜커덕 움직이기 시작했다. 분주하게 설쳐 대던 청년단원과 나만 남아 있었다. 청년단원이 나를 가리키고는 내 쪽으로 달려왔다. 아, 어쩔 수가 없었다. 손잡이를 잡고 달리는 기차에 간신히 매달렸다.

"저놈이 기차를 탔다!"

나를 쫓던 청년단원들도 두 칸 뒤 객차에 급하게 매달렸다. 재빨리 다른 객차로 옮겨 갔다. 그들을 따돌려야 했다. 복잡한 칸을 골랐다. 창에다 이마를 대고는 가슴을 진정시켰다. 바깥은 보이지 않았다. 이미 어둠이 기차 밖을 덮고 있었다. 내 마음도 그처럼 캄캄하고 답답했다. 대구에 간다고 해도 돌아올 기차가 없었다. 호주머니에는 돈도 없었다. 기자 아저씨가 호주머니에 넣어 준 돈은 경주까지 왕복할 수 있는 기차 삯이었다. 그런데 나는 대구로 가고 있었다. 더구나 표도 없이. 또 대구에서는 어떻게 밤을 보내고, 내일은 또 어떻게 돌아올까. 걱정에 걱정이 꼬리를 물었다.

"아, 아! 이 가방은 어떡하나."

내 걱정과는 상관없이 기차는 달려가고 있었다. 청년단원들이 옆

칸에 나타난 게 보였다. 그들은 눈에 불을 켜고 있었다. 다른 칸으로 옮겨 갔다. 어디까지 옮겨 갈 수 있을까. 청년단원들이 달려와서 뒷덜미를 잡아챌 것만 같았다. 그들이 눈에 띌 때마다 한 칸씩 건너갔다. 마지막 칸까지 달아났다. 이제는 물러설 칸이 없었다. 주저앉아 울고만 싶었다.

다행히 영천역이 다가오고 있었다. 이제는 별수 없이 내려야 했다. 그렇지 않으면 그들에게 잡힐 수밖에 없었다. 영천에서 내릴 사람들이 일어나면서 자리가 생겼다. 다리가 저려 왔다. 잠깐이라도 앉고 싶었다. 이제는 잡혀도 어쩔 수 없다는 생각에 빈자리에 앉아 눈을 감았다. 그때 내 옆자리에 누군가가 슬그머니 앉았다. 덜컥 겁부터 났다. 곁눈으로 슬쩍 살펴보았다. 그도 그런 눈으로 나를 살폈다. 둘이 눈이 딱 마주쳤다. 얼른 고개를 돌렸다가 다시 눈이 마주쳤다. 나는 재빨리 주변 사람들을 살폈다. 내리려는 사람들은 문 앞에 몰려 있었고, 나머지는 모두 지친 모습으로 눈을 감고 있었다. 우리에게 관심을 두지 않았다. 그는 책을 펼쳐 눈길을 책에 둔 채 웅얼거리듯 말했다.

"이만섭 기자 알지?"

"..."

나는 대답할 수가 없었다. 기다리던 사람인데 어떻게 된 일인지 온몸에서 진땀이 흐르며 목이 조여 왔다. 침을 몇 차례 삼켰다.

"걱정 마라. 뒤쫓던 놈들은 아직 옆 칸에 있다. 시간을 끌도록 만

들어 두었다."

간신히 고개만 끄덕였다. 그러자 그는 내가 어깨에 메고 있던 가방을 열더니 필름과 수첩을 꺼내서 안쪽 호주머니에 넣고는 확인하듯 가슴을 툭툭 쳤다. 기자 아저씨의 작은 가방은 그대로 내 어깨에 달려 있었다.

마침 차장이 다가왔다. 아저씨가 손바닥을 보이며 그를 불렀다.

"우리 아이가 급히 타느라 표를 끊지 못했어요. 대구 가는 표 하나 주세요."

"어디서 탔어요?"

"경주요. 포항에서 왔는데 경주까지 표만 끊었거든요. 경주에서 옮겨 탔어요."

나는 죄지은 것만 같아서 서둘러 변명을 늘어놓았다. 아저씨가 내 등을 쓸면서 괜찮다는 얼굴을 하였다.

큰 걱정이 사라지자 또 다른 걱정이 머리를 쳐들었다. 대구역에 내린 뒤에는 어떻게 할까? 돌아가는 차가 있을까? 기자 아저씨는? 교수 아저씨는? 엄마는…? 걱정이 벌레가 되어 발끝에서 꼬물꼬물 기어오르고 있었다.

"청년단원들이 이 기차에 탔어요."

"알고 있다. 그래서 경주에서 네게 접근을 못 한 거야."

청년단원들이 우리가 탄 칸으로 들어왔다. 아저씨가 슬그머니 일어서며 말했다.

"가방을 창밖으로 던져."

"예?"

"어서. 놈들이 볼 수 있게."

청년단원 하나가 나를 가리키며 소리쳤다.

"저기 있다!"

나는 재빨리 그들에게 보란 듯이 가방을 창밖으로 던져 버렸다. 멈추어 있던 기차가 기적을 울리며 천천히 출발하였다.

"아니, 저 필름이 든 가방."

당황한 청년단원들은 가방을 찾으려고 급하게 기차에서 뛰어내렸다.

"고생했다."

"아, 아저씨, 저는요?"

"걱정 마라. 대구까지 편안히 가거라."

아저씨는 알쏭달쏭한 말만 남기고 사라졌다. 내 몸에서 모든 기운이 빠져나간 느낌이었다.

'아, 모르겠다.'

걱정이 사라지는가 했는데 까맣게 잊고 있던 걱정이 새롭게 올라왔다. 엄마가 걱정이었다. 발을 동동거리며 기다리고 있을 텐데 연락할 길이 없었다.

기차는 더욱 속도를 높이고 있었다. 가만히 눈을 감았다. 너무 많은 일이 일어난 하루였다. 긴장이 풀리면서 피로가 밀려왔다. 스르르 잠이 왔다. 하지만 대구에서 내려야 하기 때문에 마음 놓고 잘 수는 없었다. 졸다가 깨다가 또 졸다가 깨면서 대구역에 닿았다. 다시 포항으로 돌아갈 차를 알아보아야 한다는 생각을 했다. 차가 있으면 참 좋겠다는 생각으로 맞이방으로 나왔다.

"세상아!"

생각지도 않은 사람이 나를 기다리고 있었다.

가죽장화가 손을 높이 쳐들고 있었다.

"아니, 어떻게 된 일이세요?"

"어떻게 된 일은, 널 마중 나왔지."

"제가 오는 걸 어떻게 아셨어요?"

"전화가 왔더라. 너를 잘 모시라고."

가죽장화는 맞이방에 있는 사람들이 다 들을 만큼 크게 웃었다.

"진짜 저를 데리러 나오신 거예요?"

"그래. 자, 가자. 오늘은 우리 집에서 쉬자꾸나."

그 말이 반갑기도 했지만 한 가지 걸리는 게 있었다. 엄마였다.

"돌아가는 차가 없을까요?"

"없어. 차가 끊어졌어. 엄마가 걱정할까 봐 그러지?"

가죽장화는 내 마음을 꼭 짚어 냈다.

"예. 엄마가 기다릴 거예요."

"걱정 마. 하 교수가 어머니에게 잘 말씀드렸대. 안심해."

맞이방을 벗어나서 굴뚝 높은 집으로 향했다. 다시 못 올 것 같왔던 굴뚝 높은 집이었다. 긴장하고 불안하여 까맣게 잊고 있던 게 생각났다.

"아저씨, 기자 아저씨하고 교수 아저씨는 어떻게 되었어요?"

"이 기자는 포항역에서 청년단에게 잡혔어. 가방과 수첩 다 빼앗겼대. 하 교수는 너희 집에 들렀다가 나오는데 뒤쫓던 청년단들이 사무실로 끌고 가서 역시 소지품을 탈탈 털렸대. 이 기자는 내일 첫차로 서울 신문사로 갈 거고, 하 교수는 학교로 출근하겠지. 다들 무사해."

가죽장화는 아주 신이 나서 그동안의 이야기를 들려주었다. 목소리도 들떠 있었다.

'뭐 신나는 일이라도 있어요?'

그렇게 묻고 싶었지만 예의가 없는 것 같아 참았다.

순이가 대문 앞에서 우리를 기다렸다. 며칠 되지 않았지만 순이가 더 예뻐 보였다.

"힘들었지?"

순이가 그렇게 나를 맞았다. 그 소리가 참 기분 좋게 들렸다.

"뭐, 별로."

여러 가지 할 말이 있었지만 입 밖으로 내뱉지를 못하였다. 괜히 무뚝뚝한 얼굴을 하였다. 지난번에 제대로 말을 하지 않았던 일이 떠올라서 더욱 순이 얼굴을 똑바로 바라볼 수가 없었다. 내 모습을 보고 가죽장화가 내 머리카락을 흔들며 우스개를 했다.

"아하, 이 녀석 여자 친구 오랜만에 보니까 수줍은 모양이네."

나는 그만 머리를 긁적이고 말았다. 순이가 그런 나를 보며 환하게 웃어 주었다. 집 안으로 들어서며 내 곁으로 와서는 작은 소리로 나를 놀렸다

"너 수줍은 거야?"

나는 또 말을 못 하였다.

태어나서 처음으로 남의 집에서 자게 되었다. 피곤한 탓인지 언제 잠이 들었는지 모르게 곯아떨어졌다. 꿈도 없이 달게 잤다. 눈을 떴을 때는 한낮이 넘어가고 있었다. 순이가 깨우지 않았으면 내처 잤을지도 모른다. 씻고 거실로 나갔더니 벌써 가죽장화와 아주머니가 신문을 앞에 놓고 이야기를 나누고 있었다.

"세상아! 네가 무슨 일을 했는지 여기 와서 봐라."

"한자 섞인 건 못 봐요."

손사래를 쳤다.

"한자 빼고 읽으면 되지. 네가 배달한 사진도 잘 나왔어."

아주머니가 거들며 빨리 오라고 손짓했다.

"사진요?"

"그래, 신문 1면을 장식했어."

신문이라는 말에 바로 가죽장화 옆으로 갔다.

큰 사진 세 장, 작은 사진 두 장이 신문을 가득 채우고 있었다. 세 사람이 한꺼번에 투표소에 들어가는 사진, 사무실에서 투표소

를 내려다보며 확인하는 사진, 불을 끄고 투표함에 가짜 표를 섞는 사진이 크게 자리를 잡고 있었다.

"이 사진은 종만이 아저씨…."

내 목소리가 높아졌다.

"종만이 아저씨가 괴한들에게 맞고 있는 사진이야."

순이가 종만이 아저씨 사진을 보고는 놀라서 입을 막았다.

"그러네. 이 청년단 놈들 자유당 졸개가 되어 유권자를 폭행하다니, 이 사진을 더 크게 실어야 하는데."

가죽장화가 혀를 끌끌 찼다.

"우리 세상이가 큰일을 했네."

아주머니가 나를 보고는 칭찬해 주었다.

"장한 일을 했지. 세상이가 아니었으면 이런 부정선거가 또 묻혀 버렸을 거야."

어깨가 으쓱해졌다.

아저씨는 하루를 더 머물다 가라고 권했다.

"청년단원들이 너에게 화풀이할 수도 있어. 좀 잠잠해지면 가."

겁이 나기도 했다. 필름 심부름한 일도 그렇지만 빈 가방으로 그들을 속인 게 마음에 걸렸다.

"언제까지 있어야 해요?"

"하 교수가 연락할 거야. 이 기자도 며칠 몸을 피할 거라고 해."

겁도 났지만 엄마가 걱정되었다.

다행히 이튿날 아침에 돌아와도 좋다는 연락이 왔다. 점심을 먹고 역으로 나갔다. 순이가 따라와 주었다. 기차 시간이 조금 남아 있었다. 순이와 단둘이 의자에 앉아서 차 시간을 기다렸다. 순이 아버지 일이 머리에서 뱅뱅 돌았다. 이미 지나가 버렸지만 지금이라도 이야기해 주는 게 옳겠다는 생각이 들었다.

"순이야! 미안해."

"뭐가?"

"지난번에 왔을 때 사실은 널 데리러 왔어. 그런데 다리도 덜 나았고, 네가 행복해 보여서 그 이야기를 꺼내지 못했어."

순이가 의아한 얼굴로 나를 똑바로 바라보았다. 눈치 빠른 순이는 낌새를 챈 것 같았다.

"그 이야기라니 우리 아버지 이야기야? 아버지가 어떻게 되었어?"

나는 순이 눈치를 본 뒤에 말을 이었다.

"응, 너희 아버지 이야기야."

"빨리 말해 봐."

"경찰에 잡혀가셨던 너희 아버지가 많이 아파서 병원으로 옮겼거든. 그래서 널 데리러 왔던 거야."

순이가 벌떡 일어나서 나를 노려보았다. 화가 잔뜩 난 눈빛이었다.

"네가 가도 소용이 없었어. 혼수상태였거든. 그래서 엄마와 내가 돌보았던 거야."

"아버지가 혼수상태인데 나는 그것도 모르고 잘 먹고 잘 지냈던 거였구나."

순이는 고개를 들어 천장을 바라보며 눈물을 감추려 했다. 그러나 눈물은 볼을 타고 흘렀다.

"수, 순이야 미, 미안해. 내가 잘못 생각했어."

순이는 대꾸가 없었다. 눈물을 닦지도 않았다. 볼을 타고 눈물이 자꾸만 흘러내렸다. 나는 어찌해야 할지 몰라 자리에서 일어나 순이 눈치만 보고 있었다. 한참을 그렇게 울던 순이가 마음을 가라앉히고 다시 자리에 앉았다. 그리고는 내 손을 당겨 옆에다 앉혔다.

"우리 아버지 지금은 어떻게 되셨어?"

"응, 깨나시자마자 다시 데리고 갔어. 바로 투표 전날."

순이는 한숨을 내쉬었다. 그러고는 마음을 다져 먹고 있었다.

"아주머니와 네가 고생을 했구나. 고마워. 아주머니께도 고맙다고 전해 줘, 꼭."

"응, 알았어. 꼭 전할게."

기차가 떠날 시간이었다. 순이를 남겨 두고 나는 개찰구 쪽으로 갔다.

"세상아! 고마워. 울 아버지 소식 있으면 꼭 전해 줘."

순이가 손을 흔들며 씩씩하게 말했다.

"응, 꼭 그럴게."

나는 그제야 순이 얼굴을 똑바로 볼 수 있었다.

소문에 묶인 학교

집에 돌아온 다음 날 아침이었다.

등교하려고 나서는데 이장이 청년단과 함께 들이닥쳤다. 가슴이 덜컥 내려앉았다.

"저 아닙니다."

이장이 손가락으로 나를 찍듯이 가리켰다.

"이 쥐새끼 같은 놈!"

청년단장이 달려와서는 다짜고짜 내 뺨부터 후려쳤다. 나는 그대로 거름 더미로 날아가서 고꾸라졌다. 부엌에서 나오다가 이를 본 엄마가 비명을 지르며 나를 끌어안았다. 단장은 거기에서 그치지 않았다. 엄마를 밀쳐 버리고 나를 잡아 일으켜서는 다시 두들겨 팼다. 엄마가 한사코 가로막았지만 그 힘을 막을 수는 없었다. 내 입에서는 피가 붉게 흘렀다. 정신이 가물거렸다. 내 먹살을 잡고 들어 올린 그는 움켜쥔 신문으로 내 뺨을 툭툭 치며 소리를 쳤다.

"네놈이 어떤 일을 벌였는지 알아! 사고를 친 거야 대형 사고! 우리 대통령 각하와 의원님을 모욕한 거라고! 하여튼 네놈들 때문에 이번 선거를 망쳤어. 똑똑히 들어. 너희 놈들이 무슨 짓을 벌여도, 재재선거, 아니 선거를 열 번, 백 번 다시 한 대도 너희 놈들 뜻대로 되지 않아."

"선거를 또?"

구경 나온 마을 사람들 눈이 휘둥그레졌다.

"신문에 나고 난리를 쳤는데 법원이 그냥 넘어가겠어?"

그때 사람들이 비명을 질렀다.

"안 돼!"

엄마가 거름 더미에 꽂혔던 쇠스랑을 뽑아 들고는 단장 등짝을 향해 달려들었다. 놀란 졸개들이 엄마 다리를 걸어 넘어뜨렸다. 하지만 엄마는 쇠스랑을 놓지 않았다. 다시 일어서서 단장을 향해 달려들었다.

"죽여 버릴 거야! 내 아들에게 손대는 놈은 누구라도."

놀란 단장이 나를 놓고 한 걸음 물러섰다.

"막아! 저걸 뺏으라고."

단장의 말이 떨어지자마자 졸개들이 우르르 달려들어 엄마 팔을 꺾고는 쇠스랑을 빼앗았다. 쇠스랑은 빼앗겼지만 엄마는 물러서지 않았다. 단장을 노려보며 미친 듯이 소리를 질렀다.

"네놈 얼굴을 똑똑히 기억하마. 하늘이 네가 한 짓을 용서하지 않을 거다."

엄마를 상대하지 않겠다는 듯 단장은 이장을 보고 소리를 질렀다.

"도대체 마을을 어떻게 관리했기에 이런 자들이 나와. 당신도 그만둬. 내 지금 면장 만나러 가는데 장관 지시를 제대로 실행하지 못하는 놈들은 모두 자리에서 잘라 버릴 거야."

"그만두라고요?"

"그럼, 일을 제대로 못 했으니 물러나야지. 당신이 책임져야지 누가 책임질 거야?"

이장은 꾸중 듣는 아이처럼 고개를 숙이고는 한마디 했다.

"지난번처럼 이번엔 종만이 자식을…."

"그 자식, 아직 잡아 두었지?"

"예, 본서로 넘겼습니다."

졸개 하나가 나서며 또박또박 보고했다.

"그 자식을 투표소 소란죄로 집어넣고 보안법에 걸리는 게 없는가 확인해."

"보안법이라면?"

"그런 자들은 틀림없이 주변에 빨갱이들이 있다고. 아, 잊을 뻔했네 이 집을 뒤져 봐, 뒤를 캐 보라고. 뭔가 나올 거야. 저 집도."

그는 우리 집과 순이네 집을 찌르듯 가리키고는 씩씩대며 나갔다. 이장도 따라 나가다 말고 엄마와 나를 노려보았다. 엄마와 나는 그 눈을 피하지 않고 마주 쏘아보았다.

마당에는 엄마와 나 둘만 남았다. 엄마는 그제야 흐느끼기 시작했다. 부어오르기 시작한 내 얼굴을 두 손으로 부여잡았다. 엄마는 얼굴을 내 볼에 문지르며 울었다. 엄마의 눈물이 내 볼을 적셨다.

감나무 위에서 직박구리가 울었다. 올려다보니 하늘이 붉은빛을 띠기 시작한 감나무까지 내려와 있었다.

'억울함과 분노를 쉬이 버리지 마라. 쌓고 또 쌓아서 너를 지키는 힘이 되게 해야 한다.'

교수 아저씨의 말이 떠올랐다. 이를 악물었다.

"엄마, 나 학교 갈게."

"이 얼굴로 어디 간다고 그래. 저놈들이 또 무슨 짓을 벌이면 어떡해."

소리를 지르고 쇠스랑을 집어 들었을 때 엄마가 아니었다. 잔뜩 겁을 먹고 있었다.

"엄마, 걱정 마. 나 이겨 낼 거야."

나는 옷에 묻은 흙먼지를 떨어냈다. 우물로 가서 얼굴과 손을 씻었다. 볼이 아리고 아팠다. 볼 안팎이 다 찢어졌는지 몹시 아팠다. 하지만 엄마에게는 말하지 않았다.

"갈 수 있겠어?"

"걱정 마, 엄마. 나 괜찮아."

"그래, 아들."

엄마는 내가 골목을 지나 신작로에 올라서서 가물가물해질 때까지 지켜보고 있었다.

지각이었다.

교실 뒷문을 열고 들어가자 누군가가 소리쳤다.

"선생님! 왔어요."

아이들 눈이 내게로 쏠렸다. 담임선생님도 눈이 휘둥그레졌다.

나는 아이들과 선생님의 눈빛이 무엇을 뜻하는지 몰랐다. 내 자리를 찾아 앉자마자 옆에 앉은 친구가 속삭였다.

"너 괜찮아?"

"뭘?"

나는 한 손으로 부어오른 볼을 가리며 그 친구를 보았다.

"너 인마, 사고 쳤다고 소문이 쫙 퍼졌어. 선생님이 너 잡혀갔을 거라고 했어."

"내가 사고를?"

"그래, 너 빨갱이 신문에 났다던데?"

"아니, 도, 동아…."

나는 친구에게 설명하려다가 그만 입을 다물었다. 책을 펴고 바로 앉았다. 나를 바라보는 선생님의 표정이 영 어색했다. 그것도 무시해 버렸다.

쉬는 시간이었다. 화장실에 가려는데 교장 선생님이 교실로 들어왔다.

"등교했다며?"

담임선생님이 눈짓으로 나를 가리켰다.

"좀 데리고 갈게."

교장 선생님은 담임선생님에게 그렇게 말하고는 내게 손가락을 까닥이며 따라오라고 했다. 나는 '가도 돼요?'라는 얼굴로 담임선생님을 보았다. 담임선생님 역시 고개를 까닥여 신호하듯 '갔다 와'라고 하였다.

뒷짐을 지고 가는 교장 선생님을 따라 복도를 걸었다. 지나가는 선생님들의 얼굴이 예사롭지 않았다. 모두 내 이야기를 나눈 모양이었다. 또 선거와 개표를 거치면서 부풀려진 이야기까지 얹어서 들었을 게 분명했다.

"이리 와서 앉아."

교장실 문 앞에서 머뭇거리자 먼저 자리에 앉은 교장 선생님이 턱으로 앞자리를 가리켰다. 그래도 내가 주춤거리며 멀찍이 서 있자 다시 손가락으로 앞자리를 가리켰다.

"앉으라니깐."

나는 조심스럽게 의자 끝에 엉덩이를 걸치고 앉았다. 불안하고 어색했다. 교장 선생님 앞 탁자 위에는 선거 사진이 실린 그 신문이 놓여 있었다. 교장 선생님은 신문을 내 앞으로 돌려놓았다.

"이 신문 알지?"

대답하지 않고 머뭇거렸다.

"네가 어떤 일을 저질렀는지도 알고?"

그 말에도 대답하지 않았다.

"왜 말이 없냐? 말을 못 하겠다면 내가 해 주마. 너는 국가가 하는 일을 가로막은 거야. 그러니까 국가와 대통령에게 큰 죄를 지었다, 이 말이야. 반역, 알겠어?"

나는 역시 대답하지 않았다. 그 심부름이 큰 죄가 된다는 생각이 들지 않았다. 내가 잠자코 있자 교장 선생님은 말을 이었다.

"너 그 사람들 언제부터 알고 있었나?"

그 대답은 할 수 있었다.

"지난 여름방학 때 알게 되었어요."

교장 선생님이 버럭 소리를 질렀다.

"거짓말 마라. 내가 다 알고 있다. 그 사람들 네 아버지와 서로 잘 알고 있는 사이지? 거짓말해도 소용없다."

교장 선생님은 드디어 탁자를 탕탕 내리치기까지 했다.

"아뇨."

"또 거짓말을 하고 있어. 경찰서에서 네 아버지에 대한 자료를 다 보내왔다. 순이가 대구 식모살이 간 것도 다 알고 있어. 서로 잘 알고 연락하는 사이니까 순이가 혼자 있는 것을 알고 데리고 간

거잖아."

"아니라고요."

나는 물러설 수가 없었다. 얼토당토않은 이야기였기 때문이었다. 처음으로 교장 선생님을 똑바로 쳐다보았다.

"이 녀석 봐라. 어디 어른에게 눈을 똑바로 뜨고 쳐다봐!"

교장 선생님은 한 손을 쳐들고는 나를 을러멨다. 나는 목을 움츠리며 손을 피하는 시늉을 했다.

"그 사람들은 나쁜 사람들이야. 너를 이용하고 있어. 너는 그들이 꾸민 나쁜 일에 이용당하고 있다 이 말이야. 똑똑히 들어. 그 사람들 꼬임에 빠지지 말고 그 사람들이 오면 바로 내게 신고해야 한다. 알았지?"

나는 또 대답하지 않았다. 교장 선생님은 길게 말을 했지만 나는 이미 다른 생각을 하고 있었다.

'청년단들이 엄마를 또 찾아오지는 않았을까. 종만이 아저씨는 어떻게 되는 걸까…'

청년단장에게 맞은 볼이 아파 왔다. 볼거리 때처럼 욱신거렸다. 볼을 슬슬 만졌다. 많이 부어 있었다.

"이제 돌아가. 내 말 명심하고, 알았지?"

나는 꾸벅 고개를 숙이고는 그 자리를 벗어났다. 혼자 텅 빈 복도를 걸어가는데 교수 아저씨가 개표장 문을 막아서며 외치던 말이 떠올랐다. 속으로 되뇌어 보았다.

'우리는 자주민입니다.'

살짝 바꾸어 보았다.

'나는 자주민이다.'

슬그머니 웃음이 나왔다.

순이 아버지의 죽음

갈대밭 머리로 나가서 팽나무 밑에 앉았다.

신문에 부정선거 사진이 실린 지 1년이 지났지만 달라진 게 아무것도 없었다. 재판이 길어진다는 이야기뿐이었다. 그게 참 속상했다. 내 볼에는 부기가 빠지고 멍도 가라앉았다. 그러나 나를 보는 선생님들의 눈은 변한 게 없었다. 아빠 소식은 감감했고, 청년단원들은 여전히 골목을 돌아다니며 마을 사람들을 겁주고 있었다.

한 무리 새들이 갈대밭 위를 크게 또 작게 동그라미를 그리다가 내려앉았다. 서둘러 온 겨울 철새들이 다문다문 갈대밭에 내려앉았다. 늦게 핀 갈대꽃은 이삭이 되어 고개를 숙이고, 일찍 피어난 갈꽃들은 솜털같이 부풀어 바람에 날아갈 준비를 하고 있었다.

갈대 사이에서 피리 소리가 났다.

'알락해오라기다!'

북쪽으로 날아갔던 알락해오라기였다. 문득 흰날개해오라기와 알락도요가 떠난 지 오래되었다는 생각을 했다. 지금 어디쯤 날아 가고 있을까. 그 빈자리를 채우러 온 알락해오라기가 반가웠다.

"네 자리로 돌아왔구나. 반가워."

소리치는 바람에 알락해오라기가 날아올랐다. 그러나 오래 날지 않고 이내 제자리로 내려앉았다.

문득 순이 생각이 났다. 순이를 못 본 지도 1년이 넘었다. 순이는 여름이면 이 갈대밭 머리에 앉아서 알락도요 보는 것을 참 좋아했 다. 그러고 보니 다리가 가늘고 꼬리가 짧은 게 알락도요는 순이를 꼭 닮았다. 순이는 스스로 그런 밉상이라서 늘 집에서 쫓겨난다고 생각했다.

"밉상, 밉상."

그럴 때마다 나는 순이를 놀려 먹었다. 순이가 좋아하던 알락도 요도 가 버리고, 순이도 알락도요처럼 떠났다는 생각에 기분이 바 닥으로 내려앉았다.

집에 들어가자 엄마가 부엌으로 나를 데리고 들어갔다. 엄마는 또 겁을 먹고 있었다.

"왜, 그래. 누가 왔어? 또 그 청년단 괴한들이야?"

"조용하다 했는데 또 일을 벌이는가 봐."

엄마가 내 입을 막았다. 나도 눈을 똥그랗게 하고는 입을 다물었다.

"저기 순이네 빈집에 사람들이 들어갔어. 경찰이 그들을 데리고 왔어."

엄마가 그들을 막지 못하는 게 경찰 때문이었다.

"내가 한번 가 보고 올게."

"관둬라. 그놈들에게 또 무슨 일을 당하려고…."

엄마가 숨어 있는 이유를 알 것 같았다.

"그냥 살짝 보고만 올게. 아참, 그때 우리 집도 뒤지라고 했는데."

청년단장의 고함 소리가 떠올랐다.

"누가?"

엄마는 기억하지 못하고 있었다.

"그때, 청년단 단장이 들이닥쳐서 난리를 칠 때."

"맞아. 저 집 뒤지고 우리 집으로 오겠네. 어쩌지?"

엄마가 화들짝 놀라서 방으로 들어갔다. 치울 게 있나 확인하려는 모양이었다.

"우리 집에 뭐가 있다고, 걱정 마."

"그냥 숨어서 보기만 해. 나서지 말고."

"걱정 마, 엄마."

나는 순이네 집으로 갔다.

울타리 곁에 숨어서 그들을 살폈다. 방으로 들어간 사람들이 무슨 짓을 하는지는 알 수가 없었다. 마당에서 경찰이 이웃 사람들을 막고 있었다. 낯익은 얼굴이었다. 보리밭에 불이 났을 때 아빠에게 시비를 걸던 지서 경찰이었다. 아빠를 본서로 넘겼다는 바로 그 사람. 화가 치밀었다. 아빠를 어떻게 했는지 따져 묻고 싶었지만 엄마와 한 약속 때문에 참고 보기만 했다. 한참 지난 뒤에 방으로 들어갔던 사람들이 나왔다. 그들은 약속이나 한 듯이 푸르죽죽한 색깔 보따리를 하나씩 들고 있었다.

"뭘 좀 찾았습니까?"

지서 경찰이 묻자 그들은 시큰둥하게 대답했다.

"없어. 헛걸음이네."

그들은 빈 보따리를 펄럭여 보이며 돌아갔다.

그들을 따라가던 지서 경찰이 우리 집으로 향했다. 나는 더 이상 숨어 있지 않았다. 엄마를 지켜야 했다. 문 앞을 막아섰다.

"아하, 마침 잘 만났다. 네놈이 그날 지서에 왔지?"

"언제요?"

"재선거하는 날."

그날 저녁 종만이 아저씨를 보러 간 게 기억났다.

"예, 갔어요."

"누구하고 왔지?"

"혼자 갔어요. 봤잖아요."

나는 기죽지 않으려고 애를 썼다.

"거짓말 마. 네놈이 또 사고를 친 거야. 네놈이 그 기자 놈을 데리고 와서 사진 찍게 했지?"

뭔가 짐작 가는 게 있었다. 하지만 나는 시치미를 뚝 뗐다.

"나는 몰라요. 도대체 뭔 소리예요?"

"그 신문에 이번에는 네 아버지 이야기가 났어, 인마. 우리 지서에 있던 석유통…, 아니야, 아니야. 아이고 골치 아파."

그는 무슨 말을 하려다가 답답하다는 듯 고개를 저었다.

"누구야? 누가 왔어?"

엄마가 급하게 달려 나왔다. 그는 슬그머니 돌아섰다.

"아빠를 데려간 그 경찰이야."

"뭐라고! 천하에 나쁜 놈."

엄마는 그의 뒤통수에 대고 부르르 화를 냈다.

"그런데 저놈들은 왜 왔대?"

"나야 모르지…. 그런데 아빠 이야기가 신문에 났대."

참 알 수 없는 일이었다. 일이 일어나기는 났는데 무엇인지는 알 수가 없었다.

"잡혀 있는데 신문에 난 건 또 뭐야?"

엄마는 몹시 허둥대고 있었다. 엄마에게는 놀랄 일이 너무 많이 일어났다.

1년 넘게 갇혀 있던 종만이 아저씨가 풀려났다.

"아, 아저씨!"

저녁에 집으로 찾아온 종만이 아저씨를 보고는 너무 반가워서 소리부터 질렀다.

"나도 왔다."

교수 아저씨가 뒤에 서 있었다. 엄마는 맨발로 마당으로 달려 나갔다.

"어떻게 두 분이 같이?"

"집 근처에서 만났어요."

엄마가 이번에는 종만이 아저씨를 살피며 물었다.

"놈들이 어떻게 풀어 줬나요? 몸은 어때요?"

교수 아저씨가 새치기 대답을 했다.

"죄가 없으니까 풀어 줄 수밖에요. 1년이나 끌다가 민의원 재선거가 또 부정선거라는 판결이 나왔어요. 그러니까 부정선거를 부정선거라고 외친 사람을 가둬 둘 수가 없었겠지요."

"그랬구나. 다행이에요."

엄마가 두 손을 모으며 좋아했다.

"그런데 아저씨는? 또 무슨 일이 있어요?"

나는 슬그머니 겁이 났다. 아무 일 없이 오지는 않았을 것 같았다.

교수 아저씨가 조금 뜸을 들이다가 조심스럽게 말했다.

"순이 아버지가 돌아가셨어."

"예에!"

나는 놀란 입을 다물 수가 없었다. 그러나 엄마는 오히려 침착하게 벽을 향해 돌아섰다. 주먹을 꼭 쥐고 이마를 벽에 대고는 한참 동안 그렇게 서 있었다.

종만이 아저씨 목에 걸려 있던 말이 흐느낌과 함께 튀어나왔다.

"나쁜 놈들, 기어이 죄도 없는 사람…."

엄마가 다시 돌아섰다. 눈물 자국이 그대로 남아 있었다. 그러나 담담하게 말했다.

"시신은 어떡한대요?"

"내일 돌려준대요."

"세상아, 내일 일찍 순일 데려와야겠다."

엄마가 나에게 미안하다는 얼굴을 보였다. 그러고는 바로 부엌으로 나갔다. 뭘 찾으려는 모양이었다.

"안 가도 돼요. 내가 전보를 쳤어요."

교수 아저씨가 부엌을 향해 말하고는 주머니에서 사진 몇 장을 꺼내 내게 보였다.

"너 이 사진 한번 확인해 줘."

석유통이 흩어져 있는 사진이었다.

아저씨는 나만 들을 수 있게 작은 소리로 말했다.

"서울서 이 기자가 보내왔더라. 네 아버지와 종만 씨 이야기를 기사로 쓰면서 들불의 증거로 이 사진을 신문에 실었더라. 틀림없이 경찰에서 발뺌하려고 시비를 걸어올 거래. 석유 가게가 어딘지 알아보고, 이것이 불나기 전에 그 집에서 나왔다는 확인을 받아 달래. 아무래도 네가 해야 해. 아버지를 구할 수 있는 중요한 증거야."

아저씨는 내 눈을 지그시 바라보았다. '꼭 네가 해야 해.' 그런 눈짓을 하고 있었다.

나는 얼른 사진을 호주머니에 넣고는 아저씨에게 그러겠다는 눈짓을 보냈다.

"돌아오시기 전에 집 정리를 좀 해야겠네요."

부엌에 갔던 엄마는 남포등을 들고 순이네 집으로 넘어갔다. 급하게 서두르는 바람에 허리춤에서 쪽지 하나가 슬그머니 떨어졌다. 그것을 주워 들고 엄마를 불렀지만 엄마는 듣지 못했다. 나는 그 쪽지를 호주머니에 구겨 넣고 쫓아갔다.

순이네 방으로 들어서던 종만이 아저씨가 고개를 갸웃거렸다.

"도둑이 들었나?"

"가난한 집에 도둑은 무슨 도둑이 들겠어요."

"난장판이잖아요."

"낮에 그놈들이 다녀가더니 이렇게 들쑤셔 놨네요."

"그놈들이라니요?"

이번에는 교수 아저씨가 끼어들었다.

"그놈들이 뭐 다른 놈들이겠어요. 경찰 앞세워 온 걸 보면 다 같은 놈들이지요."

"하, 제 나라 백성을 존중하지 않는 놈들을 어떻게 관리라고 할 수 있을까. 순이가 있는 대구 친구네 집도 이렇게 들쑤시고 갔대요."

교수 아저씨는 기가 찬다는 듯 중얼거렸다.

"도대체 뭘 찾으려는 거예요?"

나는 너무 답답하고 분해서 버럭 소리를 치다가 그만 울먹이고 말았다. 교수 아저씨가 내 어깨를 감쌌다.

"이놈들이 사람을 죽여 놓고 책임을 피하려고 뒤집어씌울 일을 꾸미고 있는 게 분명해. 나쁜 놈들."

물건을 정리한 뒤 엄마는 방 안을 말끔히 닦아 냈다.

"불쌍한 사람, 고생 많으셨네요. 너무 잘난 동생을 둔 탓이라 여기소."

엄마는 알 수 없는 말을 중얼중얼 늘어놓으며 눈물을 훔쳤다.

이튿날 한낮이 다 되었을 때 순이가 돌아왔다. 순이는 혼자 온 게 아니었다. 휠체어를 탄 아주머니와 함께 왔다. 생각지도 않았던 기자 아저씨도 뒤따라왔다. 순이도 엄마를 보자마자 안겨서 서럽게 흐느꼈다. 엄마도 순이를 부둥켜안고 울었다.

"세상아!"

기자 아저씨가 나를 덥석 안았다. 그러고는 자꾸만 등을 두드렸다.

"고맙다. 너를 꼭 만나서 이 말을 하고 싶었다. 1년이 지났네. 고맙다. 고생했다."

"별일도 아닌걸요."

나는 기차에서 고생하고 힘들었던 일은 까마득한 옛일 같았고 그냥 반갑기만 했다.

"그런데, 어떻게 같이 오셨어요?"

"놀랐어?"

"서울서 소식을 들으셨나 싶어서요."

"아니야. 정부통령 선거를 앞두고 대구 학생들 분위기가 예사롭지 않단다. 취재하러 내려온 김에 친구네 집에 들렀는데 느닷없이 경찰들이 들이닥쳐서 순이를 데리고 있는 이유가 뭐냐고 꼬치꼬치 캐묻더라고. 그런데 대답이 마음에 차지 않았는지 친구를 끌고 간 거야. 순이를 데리고 와야 하는데 어떡해. 내가 올 수밖에."

"아저씨를 데리고 갔다고요?"

"자기네들이 원하는 답을 듣지 못했다, 이 말이지. 비겁한 놈들이야. 널 괴롭히는 놈들도 있었지?"

없었다고 하려다가 문득 생각나는 게 있어서 고개를 끄덕였다.

"마음 단단히 먹어야 한다. 재선거가 또 무효로 되면서 이놈들이 무슨 일을 꾸미고 있는 게 틀림없어."

"그걸 어떻게 아셨어요?"

"뻔하지. 쉽게 세상이 바뀔 것 같지가 않아. 순이 아버지가 돌아가시고, 신 소장에게 경찰이 들이닥치는 걸 보면서 생각했어. 아, 여러 사람을 엮어서 괴롭히겠구나."

또 먹구름이 닥칠 것만 같았다.

'너는 나쁜 사람들의 꼬임에 넘어가고 있어. 그들은 국가 발전을 가로막고 있는 거야.'

교장 선생님의 눈이 나를 무섭게 노려보며 다가왔다. 청년단장의 억센 손이 다시 내 뺨을 칠 것만 같았다. 볼이 얼얼해 왔다.

"아, 무서워."

혼잣말처럼 중얼거렸다.

곁에서 보고 있던 교수 아저씨가 넌지시 끼어들었다.

"석유통을 확인해 둬. 그 일은 아무래도 네가 나서는 게 맞아. 위험하면 가까이 있는 종만 씨가 도울 거야. 약속했어."

"예, 그럴게요."

나는 다시 용기를 냈다.

엄마는 울음을 그치고 순이를 조금 떼 놓더니 앞과 뒤를 둘러보며 다리를 살폈다.

"이제 다 나았어요. 잘 걸어요."

순이가 멋쩍어했다.

엄마는 그제야 아주머니에게 허리를 굽혀 가며 고마움을 표했다.

"고맙습니다. 우리 순이를 잘 돌봐 주셔서 고맙습니다."

아주머니가 휠체어에서 아니라며 두 손을 저었다.

"아녜요. 우리가 순이를 돌본 게 아니라 순이가 우릴 돌본걸요."

순이가 그 모습을 지켜보며 희미하게 웃었다. 아버지 잃은 슬픔을 잠깐이나마 잊는 시간이었다.

  이웃 사람들도 소문을 듣고 하나둘 모여 들었다. 마당에는 멍석이 깔리고, 그 위에 앉아서 순이 아버지를 기다렸다. 곧 올 거라던 순이 아버지 시신은 오지 않았다. 이상한 일이었다. 사람들이 조금씩 술렁이기 시작했다.

물러설 수 없는 이유

어느새 해가 기울고 있었다.

나는 아무도 몰래 순이네 집을 빠져나와서 영일석유 판매점으로 달려갔다. 확인받아 놓고 싶었다.

"아저씨, 안녕하세요."

가게로 들어서며 큰 소리로 인사부터 했다.

"어, 넌…."

아저씨는 나를 보는 순간 얼굴빛이 하얗게 변했다. 퍼뜩 이상하다는 생각이 들었다.

"아저씨, 저 아시지요? 석유통…."

"으응, 그런데 무슨 일로? 내가 지금 바쁘거든."

아저씨는 나를 피하고 싶어 하는 몸짓을 보였다.

"아저씨, 이 사진 한번 봐 주세요. 아저씨네 석유통 맞지요?"

주인아저씨가 내 눈을 피하며 하던 일을 계속하였다. 아저씨 앞으로 한 번 더 사진을 내밀었다.

"아저씨네 거 맞지요?"

"어허 참 바쁜데, 왜 이래."

아저씨는 내 손을 밀치고는 사무실로 들어가 버렸다.

뭔가 잘못되고 있다는 불길한 느낌이 들었다. 나는 사무실로 따라 들어갔다.

"아저씨, 맞잖아요."

아저씨는 고개를 거세게 흔들었다.

"그게 언제 이야긴데. 석유통이라니? 나는 기억도 없다."

아저씨는 아예 외면하였다. 전혀 다른 사람 같았다. 물러서서는 안 된다고 생각했다. 불안하고 초조했다.

"지난번에 손 영감네 머슴들이 가져간 뒤에 돌려주지 않는다고 하셨잖아요."

아저씨는 아예 돌아앉으며 손을 내저었다.

"나는 모르는 일이야. 엉뚱한 소리 말고 돌아가."

오리발을 내밀었다. 어떻게 해야 하나 막막했다.

"아저씨 그러면요, 이 사진이라도 한번 봐 주세요."

아저씨는 꿈쩍도 하지 않았다. 물끄러미 그런 아저씨를 바라보는데 설움이 왈칵 치밀었다. 울음을 참으려고 이를 악물었다.

"아저씨, 도와주세요. 우리 아빠가 억울하게 잡혀가서 1년이 넘었어요. 순이 아버지는 목숨을 잃었어요."

아저씨는 울먹이는 나를 곁눈질로 힐끗 보고는 이마를 문지르며 길게 한숨을 내쉬었다. 그러다가 벌떡 일어나더니 나를 사무실 밖으로 밀어냈다.

"미안하다. 제발 내게 뭘 묻지 마라."

그러고는 사무실 문을 와락 닫아 버렸다. 그렇다고 돌아설 수는 없었다.

'네가 해야 해. 아버지를 구할 수 있는 중요한 증거야.'

교수 아저씨가 하던 말이 떠올랐다. 불안하고 초조하던 마음이 사라지고 그 자리에 억울하고 분한 마음이 채워지고 있었다.

'해내고 말 거야.'

나는 닫힌 사무실 문을 힘껏 열었다.

"아저씨, 제발 도와주세요."

"아, 제발 날 괴롭히지 말라고, 제발."

아저씨가 거의 울부짖듯 소리를 내질렀다. 그 고함은 내게 아닌 아저씨 스스로에게 내지르고 있다는 게 느껴졌다. 나는 그 순간 깨달았다. 누군가가 아저씨를 협박한 게 분명했다.

'협박, 그게 누굴까? 지서 경찰들? 청년단 괴한들, 면사무소? 아니면 더 높은?'

이를 악물었다. 북받치는 화를 누르며 아저씨에게 사정했다.

"아저씨, 말씀 안 하셔도 좋아요. 이 사진 한 번만, 한 번만 봐 주세요."

아저씨는 그것조차 손을 내저었다. 나는 그런 아저씨를 한참 동안 바라보고 서 있었다. 혼수상태에 빠졌던 순이 아버지가 떠올랐다. 그 얼굴 위로 아빠 얼굴이 겹쳐졌다.

'순이 아버지가 죽었다. 그렇다면 그다음은….'

내 생각은 그 자리에 딱 멈추었다. 나도 모르게 비틀대다가 바닥에 털썩 주저앉았다. 아빠 없이도 1년 넘게 잘 버티던 내 다리가 풀리면서 몸이 무너진 것이었다. 아저씨는 여전히 나를 외면하고 있었다. 그래도 물러설 수가 없었다.

"아, 아저씨!"

그때, 사무실 안쪽에 달린 문이 벌컥 열렸다. 아저씨네 안집과 연결된 문이었다.

"어린아이를 왜, 저렇게 애타게 만들어요?"

석유 가게 아주머니였다.

"당신은 들어가 있어."

아저씨가 퉁명스럽게 말을 받았다.

"나오지 않으려고 했는데 도저히 보고만 있을 수가 없네요."

"어허 참!"

아저씨가 거세게 막고 나섰지만 아주머니는 더 거세게 나왔다.

"당신도 그러면 안 돼요. 저 어린아이가 아버지를 구하겠다고, 사진 한번 봐 달라는데 그걸 외면해요? 경찰이 그렇게 무서워요? 그 깡패들이 겁나요? 그렇다고 이웃이 억울한 일을 당하고 있는데 당신만 살고 싶어요? 이웃 다 잃고 혼자 살아남으면 잘 살 거 같아요? 얘야, 그 사진 이리 줘 봐. 내가 봐 주마."

아주머니가 내게 손을 내밀었다.

"어허 이 사람, 뭔 일을 당하려고 사진을 보겠다는 거야?"

아주머니는 물러서지 않았다.

"억울하게 사람이 죽었다고요. 이리 보여 줘."

나는 슬쩍 아저씨 눈치를 보고는 못 이기는 척 사진을 건넸다. 아주머니가 사진을 넘겨 보고는 바로 소리쳤다.

"우리 거 맞아. 여기 봐 '영일' 글자 보이잖아. 우리 집 아저씨가 페인트로 직접 쓴 거야. 손 영감 머슴들이 들고 간 그 통이 맞아. 이게 어디 있다고?"

나는 아저씨가 또 막아설 것 같아서 얼른 대답했다.

"지서 뒤꼍에요."

아주머니는 믿어지지 않는다는 듯 눈을 둥그렇게 뜨고는 나를 바라보았다.

"손 영감네 머슴들이 가져갔는데 어떻게 지서 뒤꼍에 있지?"

"그건 저도 몰라요."

"이것들이 짝짜꿍이 되어서 거기다 숨겼구나."

아주머니가 두 손을 허리춤에다 올리며 버럭 소리를 질렀다.

그제야 아저씨도 사진을 건네받아서 넘겨 보았다. 하지만 어떤 말도 하지 않았다.

"당장 찾아와요. 겁나서 못 가면 내가 갈게요."

아주머니는 당장 찾으러 가겠다고 했다. 아저씨가 아주머니를 말리고 나섰다.

"그 사람들 말 못 들었소? 우리는 석유통에 대해서 아무것도 몰라야 한다고. 그런데 통을 찾으러 간다고? 당신이 이렇게 설치다간 이 기름 장사도 못 해 먹는다고."

아저씨 말에는 겁이 잔뜩 들어가 있었다.

"제가 나중에 찾아다 드릴게요."

먼저 싸움을 말리고 싶었다.

"네가 찾아 준다면야 고맙지."

아주머니도 숨을 몰아쉬며 간신히 화를 가라앉히고 있었다.

나는 조심스럽게 다시 말을 꺼냈다.

"아저씨, 부탁이 하나 있는데요. 이 통 다 아저씨네 물건이잖아요. 경찰이나 법원에 가서도 그렇게 말씀해 주실 수 있나요?"

아저씨는 나를 물끄러미 바라보기만 했다. 생각이 어지러운 모양이었다.

"네 아버지 때문에 그러지?"

또 아주머니가 나섰다.

"예, 도와주세요. 그래야 아빠가 풀려날 수 있어요."

나는 간절한 마음으로 부탁했다.

"우리 아저씨가 하지 않으면 내가 하마. 억울한 일이 생겨서는 안 되잖아."

아주머니가 용감하게 대답하자 아저씨도 마지못해 고개를 끄덕였다.

"꼭 부탁할게요."

"그러마. 내 물건을 내 거라고 하는 게 죄는 아니잖아."

"아주머니 고맙습니다."

눈물이 쏟아졌다. 고개를 숙이고는 부리나케 돌아섰다.

비밀 속으로

어느새 해가 지고 어둠이 밀려왔다. 그러나 순이 아버지 시신 소식은 없었다.

"분명 오늘 보낸다고 했어?"

기자 아저씨가 교수 아저씨에게 물었다.

"종만 씨도 같이 들었어."

종만이 아저씨를 돌아보며 '맞지요?'라는 얼굴을 하였다.

"맞아요. 분명히 제게도 그랬어요. 인계받을 가족을 불러다 놓으라는 말까지 했거든요."

"이 나쁜 놈들이 또 뭔 일을 꾸미는 게 분명해."

기자 아저씨는 잠깐 틈을 두면서 나에게 고개를 돌리며 '당하기 전에 우리가 서둘러야 해' 그런 눈짓을 보냈다. 그러고는 엄마와 나를 부엌으로 불러내더니 목소리를 낮추었다.

"세상이 어머니, 뭐 하나 물어봅시다. 아무래도 가장 잘 아실 것 같아서요. 그놈들이 신 소장에게 끈질기게 물어 댄 게 순이를 어떻게 데리고 있게 되었나 하는 거였어요. 그러다가 순이 아버지, 어머니에 대해 이상한 말을 했어요."

엄마는 기자 아저씨 얼굴을 뚫어지게 바라보았다.

"어려우시겠지만 알려 주세요. 이번 세상이 아버님 기사처럼 제가 도울 수 있는 길이 있을지도 모르니까요."

엄마는 손부터 떨더니 온몸을 부들부들 떨었다.

"엄마!"

나는 엄마를 부둥켜안았다.

"정 곤란하면 말씀 안 하셔도 됩니다. 이놈들이 뭘 엮어 대는 것만 같아서요."

기자 아저씨가 한발 물러서며 엄마 마음을 진정시키려고 했다. 엄마는 그냥 고개를 끄덕이며 숨을 몰아쉬었다.

기자 아저씨는 내게 엄마를 챙기라는 말을 하고는 부엌을 나갔다.

"엄마, 왜 그래?"

엄마는 고개를 가로저으며 무엇을 찾으려는 듯 옷을 더듬었다.

"내가 그것을 어디다 두었지?"

엄마가 화들짝 일어나서 부엌에서 나가려 했다.

"이것 찾는 거야?"

호주머니에 넣어 두었던 쪽지를 꺼내 보였다. 엄마는 재빨리 쪽지를 낚아채 갔다.

"뭔데 그래?"

엄마는 다른 사람들 눈에 띄지 않게 그 쪽지를 다시 옷 속에 숨겼다. 엄마는 또 길게 한숨을 내쉬며 부뚜막에 앉았다.

"이 쪽지가 어떻게 네게 갔어?"

"엄마가 엊저녁에 떨어뜨리는 걸 내가 주웠어. 근데 깜빡했어."

"본 사람은 없지?"

"없어. 뭔데 그래? 뭔 비밀이 적힌 거야?"

엄마는 한참 뜸을 들이다가 짧게 말했다.

"네 이모가 내게 준 부탁 편지야."

처음 듣는 이야기였다.

"나한테 이모가 있었어? 그런데 그게 뭐 그리 중요하다고 몸에 숨겨?"

"그래. 나중에 천천히 이야기해 줄게."

엄마는 더 이상 말하지 않으려고 했다. 나는 물을 한 그릇 건네고는 방으로 들어갔다.

밤이 깊어 가고 있었다.

"순이네 집이 맞지요? 길을 찾느라 애를 먹었네."

가죽장화가 마당으로 들어섰다. 기자 아저씨가 팔을 벌리며 반갑게 맞이하였다.

"별일은 없었나?"

"별일은 없었네만 일이 이상하게 돌아가네."

기자 아저씨가 다시 물으려는데 가죽장화는 방으로 들어가서 엄마와 인사를 나누었다. 아주머니가 비로소 안심하는 얼굴빛을 보였다.

그러고도 한참 뒤, 자정 무렵이 되어서야 지서 주임이 들어왔다. 그런데 순이 아버지의 시신이 아니라 이미 화장한 유골함을 들고 왔다.

"유족이 나와서 인수하시오."

"아니, 이런 법이 어디 있소!"

기자 아저씨가 나서며 버럭 화를 냈다. 그러나 주임은 기자 아저씨와 마주 서려고 하지 않았다.

"유족 아닌 사람은 물러나고 유족 나오쇼."

주임은 오히려 목소리를 더 높였다.

엄마가 순이를 데리고 나갔다.

"부인이요?"

알고 있으면서 일부러 엄마를 보며 물었다.

"뭔 상관이요. 이 아이에게 주소."

엄마도 버럭 소리를 질렀다.

주임은 엄마를 한번 노려보고는 상자를 순이에게 넘겼다. 그러고는 서류를 꺼내더니 손도장을 찍게 하였다. 그들은 서류를 챙기고 는 바로 돌아섰다.

"유족 허락도 없이 화장해도 되는 거야? 왜 사망했는지는 설명해 줘야 될 거 아니야!"

기자 아저씨가 주임의 뒤통수에다 대고 소리를 질렀다.

"우리는 모르오. 그런 것은 본서에 문의하쇼."

그들은 뒤도 돌아보지 않고 어둠 속으로 사라졌다. 마치 저승사 자처럼.

순이가 흐느꼈다. 엄마도 순이 손을 잡고 같이 울었다.

"불쌍한 사람. 불쌍한 사람!"

이튿날 순이는 가루로 변한 아버지를 갈대밭 자락에다 뿌렸다. 가을바람에 얹혀 순이 아버지는 바다로 날아갔다.

"안타깝던 이 세상일은 다 잊으세요. 순이 걱정, 동생 걱정도 다 잊고 편히 쉬세요."

엄마가 애타게 마지막 인사를 건넸다.

순이 아버지는 철새가 되어 날아갔다. 해오라기가 날아간 그 하 늘길을 훨훨, 훨훨 날아갔다.

마을 사람들이 돌아가고 우리만 남게 되었을 때 엄마가 조심스럽 게 말을 꺼냈다.

"어제는 너무 당황스러워서 말씀을 못 드렸습니다. 어제 대구서 오신 손님 이야기도, 서울 손님 이야기도 들었습니다. 그전에 경찰들이 들이닥쳐서 순이네 집을 쑤셔 댈 때부터 알았습니다. 저놈들이 뭘 찾는지…. 이제는 순이도 알아야 할 것 같고…."

엄마가 너무 굳어 있었기 때문에 아무도 이야기에 끼어들 생각조차 못 했다.

"오늘 장례를 치른 사람은 순이 친아버지가 아닙니다…."

"예에!"

모두 눈이 휘둥그레졌다. 순이는 두 손으로 놀란 입을 막았다. 엄마는 오히려 더 담담해져 있었다. 침을 크게 한 번 삼키더니 이야기를 이었다.

"큰아버집니다. 그러니까 삼촌이 순이 친아버지입니다. 순이 엄마는 제 동생입니다. 제가 순이 이모입니다. 순이 아버지, 엄마는 참 예쁘게 살면서 순이를 낳았지요. 그러다가 그 몹쓸 전쟁이 일어났어요. 순이 아버지가 인민군대에 가고, 남편을 찾아오겠다며 순이 엄마가 따라나섰지요. 어린 순이를 데리고 갈 수가 없으니까 돌아올 때까지 제가 맡기로 했답니다. 그때 제게는 이미 세상이가 있었습니다. 둘을 쌍둥이처럼 똑같이 먹이고, 입히며 키우면서 전쟁이 끝났어요. 순이 부모는 돌아오지 못했어요. 순이를 큰아버지 호적에 올리게 되었습니다. 순이를 위해서요. 정말 그 방법밖에 없었지요. 순이 큰아버지는 아무도 모르게, 모든 일을 꼭꼭 숨기며 조카를 딸로 키웠습니다. 그런데 비밀이 없다는 것을 이번에 알았습니다. 참 무서운 게 사람이네요. 대구에서 오신 손님 내외분 그간 너무나 고맙습니다. 이제 아시게 되었으니까 흠을 가진 순이를 데려가지 않아도 괜찮습니다. 이제부터는 제가 순이 허물을 감당하겠습니다. 착하신 분들이 순이 때문에 힘드시면 안 되지요. 어릴 때 제가 키웠듯이 지금부터 이모인 저와 살면 됩니다. 장례를 함께해 주셔서 고맙습니다. 도와주시지 않았으면 저희는 참 외로웠을 겁니다…."

거기까지 말을 한 엄마는 옷을 들추더니 내가 준 쪽지를 꺼냈다.

"순이야, 이게 바로 네 엄마가 내게 남긴 편지다. 이 편지가 혹시나 너를 다치게 할까 봐 숨기고 숨겼다만 모든 게 헛수고였다. 미안하다."

엄마는 말을 마치며 종이쪽지를 순이에게 건넸다.

순이가 코를 훌쩍이며 울음을 참고 있었다.

"그런 일이 있었군요."

기자 아저씨가 이제야 알겠다는 얼굴로 엄마를 바라보았다.

"어떤 일이 있어도 순이는 우리 가족입니다."

그때 대구 아주머니가 모인 사람들이 다른 생각을 하지 못하도록 아주 강하게 잘라 말했다.

"그렇습니다. 나와 아내는 지금처럼 순이와 같이 지낼 겁니다."

가죽장화도 그렇게 말하고는 순이 옆으로 옮겨 앉았다. 순이를 가운데 두고 가죽장화와 아주머니는 나란히 앉았다. 지켜보는 사람들은 한참 동안 말없이 그들을 바라보았다. 가족사진 같았다.

"순이야, 미안하다. 늘 너를 볼 때마다 미안했단다. 북에 있을 것 같은 네 엄마 아빠 때문에 혹시 네가 잘못될까 봐, 이모라는 말도 하지 못했구나. 미안하다. 저 두 분이 너와 살겠다는데 네 생각은 어떠냐?"

엄마가 물었다.

"이모!"

순이는 그렇게 불러 놓고는 눈물 그렁그렁한 눈으로 엄마를 올려다보았다.

"나도 왠지 남이 아니라는 느낌을 가졌어요. 그래서 이모를 보며 늘 힘을 얻었어요. 이모가 허락한다면 대구로 가서 살게요."

순이가 가죽장화 가족이 되겠다고 했다. 엄마는 고개를 끄덕이며 또 순이 손을 꼭 잡았다.

"미안하다. 미안해. 내가 정말 미안하구나."

엄마는 그 말만 계속했다.

마을 사람들 중에 끝까지 남아 있던 종만이 아저씨가 끼어들었다.

"세상이 엄마, 그렇게 애를 끓이더니 이제는 마음 놓고 사소."

"예, 우리 순이만 잘 살면 나도 어깨 펴고 살지요."

가라앉았던 방 안 분위기가 바뀌고 있었다.

"외로운 사람들끼리 잘되었네. 신 소장 북에서 내려와 외롭더니 딸을 얻었네. 그러고 세상이네하고도 형제처럼 지냈으면 좋겠다. 그래야 세상이 엄마도 덜 섭섭하지. 순이가 딸이 되었으니 이참에 세상이 엄마와 자네 부인도 자매를 맺으면 세상이 엄마는 그대로 순이 이모를 유지하는 거잖아."

교수 아저씨가 엄마와 아주머니의 얼굴을 번갈아 보며 대답을 기다렸다.

"하 교수, 언제부터 중매쟁이가 되었어? 나는 그 의견에 한 표."

기자 아저씨가 맞장구를 쳤다.

"아이고, 그런 말씀 마세요. 제가 그럴 자격이 되나요."

엄마가 얼굴을 붉혔다.

"저도 찬성에 한 표입니다. 이런 횡재가 어디 있어요. 딸도 얻고 언니도 얻고."

아주머니가 적극 나섰다.

"여기 조카도 있어요."

나도 한마디 해야겠다는 생각에 끼어들었다. 모두 나를 보았다. 엄마가 웃었다. 기분이 개운해졌다.

"이제 남은 숙제는 세상이 아버지를 찾아오는 일이야. 신문에도 나고 했으니까 그냥 붙잡아 두지는 못하고 방화를 걸어서 재판에 넘길 거야. 걱정은 저놈들이 다른 일을 꾸밀지도 모르니까 우리도 단단히 준비를 해야 해."

기자 아저씨가 할 일을 일깨웠다. 다시 걱정이 우리를 눌렀다.

우리는 자주민

1960년 3월, 바람은 여전히 차가웠다.

나는 중학생이 되었다. 순이는 야간 중학교에 입학했다. 이모부가 배워야 무시당하지 않는다며 입학을 권했다. 야간 중학교는 다행히 입학시험이 없었다. 학교를 엄청 빼먹은 순이에게는 딱이었다.

아참, 몇 달 사이에 대구 가족은 순이네 빈집으로 내려왔다. 어쩔 수 없이 쫓겨 온 셈이었다. 경찰에서 순이 친엄마, 아빠가 북으로 간 것을 들이대며 회사 사장을 을러댔다. 이를 견디지 못한 이모부가 회사를 그만두면서 사택도 비워 주게 되었다.

이모부는 일거리를 찾아다녔다.

"어떡해요? 멀쩡한 일자리를 우리 땜에."

엄마는 이모부를 볼 때마다 안절부절 어쩔 줄 몰라 했다.

"걱정 마세요. 맨손으로 넘어와서도 지금까지 살아왔는데, 차차 일이 나설 거예요."

이모는 순이네 집 햇살이 백만 불짜리라며 늘 마당에 나와 해바라기를 했다.

"따로 산책할 필요가 없어. 이 햇살 봐 얼마나 좋아."

5월에 한다던 선거가 느닷없이 3월로 당겨졌다. 3월 15일, 대통령, 부통령 그리고 영일군 을구 민의원 재재선거까지 한꺼번에 실시한다고 하였다.

선거를 앞두고 마을은 더욱 뒤숭숭해졌다. 공무원들 앞잡이였던 이장은 재선거 뒤에 그 자리에서 쫓겨나고 말았다. 내가 사고 쳤기 때문이라며 나만 보면 눈을 부라렸다. 청년단원이라는 그 괴한들은 여전히 길거리를 어슬렁거리며 마을 사람들에게 겁을 먹였다. 하지만 엄마는 순이가 오고부터는 더욱 용감해졌다. 순이와 나를 지켜내야 한다는 생각으로 사는 것 같았다.

그들은 복잡해진 투표를 설명한다며 집집마다 돌아다니며 노골적으로 부정투표 방법을 알렸다. 설명회가 아니라 모두 자유당 선거운동이고, 부정투표 강요였다.

청년단장은 면사무소 마당에 아침마다 청년단원들을 모아 놓고는 지나가는 사람들 보란 듯이 소리를 질러 댔다.

"어떤 수단을 써서라도 이승만 박사와 이기붕 선생이 꼭 당선되도록 하라. 세계 역사상 대통령 선거에 소송이 제기된 일은 없다. 법은 나중이니 우선 당선시켜 놓고 보아야 한다. 콩밥을 먹어도 내가 먹고 징역을 가도 내가 간다. 나라의 큰일을 위하여 장관님이 직접 지시한 것이니 너희들은 시키는 대로만 하라."

마을 사람들은 그 고함 소리를 들을 때마다 가슴이 떨릴 만큼 불안했다. 그 지시를 어기면, 또 당선되지 않으면 큰일이 일어날 것만 같았다.

3월 15일이었다.

엄마는 일찌감치 투표하러 나섰다. 엄마가 변하고 있었다. 지난번과는 달리 투표를 꼭 하겠다고 나섰다.

"그놈들의 협박에 무릎 꿇지 않는 표가 있다는 것을 보여 주고 싶어."

나는 엄마 뒤를 따랐다. 엄마를 지켜야 한다는 생각보다 투표소에서 또 어떤 일이 벌어지는가 보고 싶었다. 엄마가 내 손을 꼭 잡았다. 그래도 남은 불안함을 떨쳐 내고 싶은 몸짓이었다.

순이네 집을 건너다보았다. 이모가 보였다.

"투표하러 안 가세요?"

"한 표라도 보태고 싶은데 주소를 아직 못 옮겨서…."

이모가 아쉽다는 표정을 지었다.

"아직 쌀쌀한데 일찍 나와 있으면 어떡해."

엄마가 편하게 말을 하였다.

"햇살이 너무 좋아서요."

"이모부는요?"

"새벽같이 낚시 가셨어. 투표 때문에 시끌시끌한 게 싫다며."

투표소에 다녀와서 나도 가야겠다고 생각했다.

"어디로 가셨어요?"

"나는 모르지. 순이가 알 거야. 아참, 이 기자가 연락 왔는데 아버지 재판에 석유 가게 주인을 증인으로 부를 거래. 네가 가서 한번 더 부탁해 둬."

"기자 아저씨가 대구에 오셨어요?"

"지난달 말에 대구에서 학생들 데모가 크게 있었나 봐. 취재하러 내려왔대."

"대구에서 학생들이요?"

"그래, 많이 다치고 또 잡혀갔나 봐."

이모는 혀를 끌끌 차며 안타까워했다.

낚시 갈 생각이 멀리 사라져 버렸다.

'영일석유 판매점 아저씨와 아주머니를 먼저 만나야겠다.'

마음이 바빠졌다.

투표소 근처에는 투표하러 온 사람보다 청년단원 수가 더 많았다. 그들은 곳곳에 서서 소리치고 있었다.

"지시한 대로 해. 같은 조끼리 서로 표 확인해."

그간 몇 차례에 걸쳐 알려 준 부정투표 방법대로 하라는 지시였다. 모두 겁에 질려 있었다. 투표하러 온 사람들은 정해진 짝을 찾아서 함께 투표소로 들어갔다. 그들은 자유당, 대통령 후보 이승만, 부통령 후보 이기붕을 웅얼거렸다. 야당에서는 대통령 후보 조병옥이 나섰으나 유세를 하다가 갑자기 아픈 바람에 치료를 위해 급히 미국으로 건너갔다가 그곳에서 죽었다고 했다. 그러니까 대통령 후보는 이승만 한 사람뿐이었다. 야당 부통령 후보는 장면, 김준연, 임영신 세 사람이나 되었다. 하지만 사람들 말로는 이기붕과 장면의 대결이라고 했다.

엄마는 짝이 없었다. 이미 자기네들과 같은 편이 될 수 없다는 것을 잘 알고 있었다. 엄마가 내 팔을 꽉 잡았다. 나는 내 팔을 잡은 엄마 손등을 톡톡 두드리며 안심시켰다. 엄마는 용감하게 투표소 가까이 다가갔다.

"잡아라."

지난번 재선거 때 들었던 고함 소리가 또 들려왔다. 놀란 엄마와 나는 영문도 모른 채 담벼락으로 비켜서며 소리 나는 쪽을 살폈다. 한 학생이 투표소에서 뛰어나오다가 청년단원 발에 걸려 길바닥에 나뒹굴었다. 나도 모르게 "어, 형이다" 낮게 부르짖었다. 입학한 지 얼마 되지 않았지만 3학년 그 형 낯이 익었다. 1학년들을 잘 챙겨 주는 형이었다.

"아유, 저 일을 어떡해!"

엄마가 발을 동동 굴렸다.

넘어진 3학년 형 위로 청년단원들이 두 겹, 세 겹으로 덮쳤다.

"형!"

내 몸이 돌멩이처럼 튀어 나갔다. 달려간 그 힘으로 청년단원들을 밀쳐 냈다.

"사람 죽어요. 사람 살려!"

나는 소리, 소리를 질렀다.

"세상아!"

엄마가 소리 지르며 달려오는 게 언뜻 보였다. 나는 있는 힘을 다해 청년단원들을 형에게서 끌어내리려고 했다. 내 힘으로는 어림없었다. 그러나 포기하지 않았다. 엄마도 같이 달려들어 넘어진 형의 팔을 잡아 일으키려고 애를 썼다. 그때 뭔가가 내 뒤통수를 내리쳤다.

"세, 상, 아!"

엄마가 나를 부르는 소리가 가물가물 멀어져 갔다. 나는 그대로 정신을 잃고 말았다.

내가 눈을 뜬 곳은 병원이었다. 내 옆에는 그 형이 누워 있었다.

"고마워, 너 참 용감하더라."

"아, 형, 괜찮아요?"

"괜찮으니까 너보다 빨리 깨났지."

형이 나를 웃기려고 하였다.

형은 지난번 선거 때도 부정선거를 세상에 알려 왔다고 했다. 야당 참관인들을 두들겨 패고, 쫓아낸 일, 3인조, 4인조 투표라고 부르는 집단 투표를 사람들에게 알렸지만 사람들은 들어 주지 않았다고 했다. 그래서 이번에는 사진 촬영을 하려고 몰래 투표소에 들어갔다가 들키는 바람에 그런 일을 당했다고 했다.

엄마가 곁에서 핀잔을 주었다.

"아유, 남 이야기처럼 하네. 그놈들이 너희 둘을 짓누를 때는 하늘이 무너지는 줄 알았다. 그놈들과 맞서는 거는 네 아버지 하나로 끝났으면 했는데 너까지 이러니⋯."

엄마는 혀를 끌끌 차고는 더 이상 말을 하지 않았다.

나는 바로 퇴원하여 집으로 돌아왔다. 이미 선거가 끝난 시간이었다. 결국 엄마는 투표를 못 하였다. 그들에게 당당한 반대표를 끝내 보여 주지 못했다.

마당으로 들어서며 담 너머로 순이네 집을 보았다. 작은 남폿불이 흔들리고 있었다. 순이네 집에 불이 켜진 것을 보며 내 마음도 환해졌다.

"낚시 가려던 계획이 사라지고 말았네."

그렇게 말하며 풀썩 웃었다.

"그 생각이 나냐? 아프지 않은 모양이구나."

엄마가 뒤통수 혹을 쓰다듬었다. 머리가 아직 얼얼했다.

알락도요 순이

이튿날 학교에서 그 형을 찾아보았다. 그런데 그 형이 보이지 않았다. 결석이라고 했다.

'많이 다친 걸까?'

어제는 나보다 더 멀쩡했는데 이상하다는 생각이 들었다. 걱정이 또 다른 걱정으로 꼬리를 이었다. 혹시 경찰이나 청년단에 잡혀간 것은 아닐까. 자꾸만 나쁜 쪽으로 생각이 쫓아갔다.

오후 늦게 학교 안에 선거 결과 소식이 돌았다. 선거 결과 이승만 후보가 대통령에 당선이 되었고, 부통령에는 자유당 이기붕 후보가 당선되었다고 했다. 너무나 뻔한 소식이었다. 나는 물론이고 학생들 모두 속으로 웃었다.

이튿날도, 그다음 날도 그 형은 결석이었다. 그런데 결석하는 형들이 점점 늘어났다. 3학년 형들에 이어 2학년 형들도 학교를 빠져 나가기 시작했다. 학교가 웅성웅성, 흔들렸다. 선생님들도 흔들렸다.

3학년 선배들이 데모를 한다며 아예 등교하지 않고 역 광장으로 몰려갔다고 했다. 2학년도 그 뒤를 따라갔다.

"선배들이 학교 대신 역 광장에 모인대. 우리들도 가야 하는 거 아니야?"

옆에 앉은 친구가 내 귀에다 대고 비밀스럽게 말했다. 나는 친구 얼굴보다 선생님 얼굴을 먼저 살폈다. 선생님도 수업할 생각을 하지 않고 있었다. 창 너머로 운동장을 바라보고 있었다. 돌아오지 않는 학생들을 기다리고 있었다.

4월이 되자 학교에는 1학년만 남아 있었다.

한동안 학교에서 보이지 않던 그 형이 나타났다. 몇몇 선배들과 함께 우리 교실로 들어왔다. 그 형이 내 앞으로 와서 의자를 돌려 앉았다.

"우리가 이야기를 나누었는데 네가 1학년을 맡아 주어야겠다."

나는 형이 하는 말뜻을 이내 알아챘다.

"그렇게 할게요. 중학생이라고, 아직 어리다고 교실에 머물러 있을 수는 없어요. 우리는 자주민이니까요."

나는 형과 눈빛을 주고받으며 고개를 끄덕였다.

"그래, 자주민!"

이튿날부터 나는 친구들과 이야기를 나누었다. 같은 생각을 가진 친구들이 점점 불어났다. 우리는 함께 학교가 아닌 역 광장으로 나갔다. 선배들이 우리를 맞았다. 경찰들이 몽둥이를 휘두르며 막아섰다. 우리는 몽둥이를 피하여 흩어졌다가 다시 모여들곤 했다.

역 광장은 우리를 찾아가는 학교였다. 매일 우리는 역 광장에서 함께 토론하고 목청껏 외쳤다.

"부정선거 규탄한다."

"독재자는 물러가라."

경찰들이 총을 쏘기 시작했다. 쓰러져 병원으로 실려 가는 학생들이 생겨났다. 하지만 우리는 물러서지 않았다.

어느 날부터 어른들도 함께하기 시작했다. 학생들과 다르게 어른들은 서두르지 않았다.

"더 이상 우리 학생들을 희생시키지 말라!"

아, 그 행렬의 맨 앞에는 교수 아저씨가 서 있었다.

"아저씨!"

"세상아! 여기 있었구나."

나는 뛰어가서 아저씨 곁에 섰다.

아저씨가 외쳤다.

우리는 본시 타고난 자유권을 지켜 풍성한 삶의 즐거움을 마음껏 누릴 것이며, 우리가 넉넉히 지닌 바 독창적 능력을 발휘하여 봄기운이 가득한 온 누리에 겨레의 뛰어남을 꽃피우리라 ….

독립선언문이었다. 그 속에는 우리의 독립 요구만 있는 게 아니라 우리 민족이 나아가야 할 방향도 있다던 바로 그 부분이었다.
나는 아저씨의 외침에 이어서 목이 터져라 소리쳤다.

우리는 그래서 분발하는 바이다. 양심이 우리와 함께 있고, 진리가 우리와 함께 전진하나니….

"모두 나아갑시다. 함께 갑시다."
누군가가 외쳤다. 길가에서 보고만 있던 어른들도 함께 걷기 시작했다. 우리는 군청을 향해 행진하였다. 몽둥이와 총 앞에서도 주춤거리지 않았다. 길고 힘찬 행렬이 이어졌다. 도로를 가로막아 놓고, 우리를 위협하던 경찰이 물러나기 시작했다. 청년단원들이 먼저 꽁무니를 빼고 있었다.

그다음, 다음 날 라디오에서 긴급 뉴스가 나왔다. 대통령이 국민들의 바람에 따라 물러나겠다고 했다. 그러고 한 달 뒤, 대성직물 사장이 보낸 사람이 순이네 집에 왔다.
"소장님을 쫓아내라고 억지 부리던 사람들이 다 사라졌대요. 세상이 바뀌었대요. 모두 소장님을 기다려요."

대구에서 심부름 온 사람이 신이 나서 졸랐다.

이모부와 이모, 순이는 대구로 돌아가기로 하였다. 참 잘되었다. 물론 순이는 전학을 준비하였다.

"오빠!"

순이가 나를 바라보며 그렇게 불렀다.

조금은 어색하게 들렸다. 그러나 몇 달이지만 내가 먼저 태어났으니 내가 오빠인 것은 맞는 말이다. 나는 헛기침을 한 번 하고 대답했다.

"응, 순이야, 잘 지내. 학교는 꼭 다녀. 그래야 사람 대접받는 거야."

순이가 웃었다.

"야, 너무 어른 같잖아."

"오빠에게 '야'라니."

지켜보고 있던 엄마와 가죽장화 아니 이모부, 이모가 소리 내어 웃었다. 아, 얼마 만인가 가슴 가득히 맑은 공기를 담으며 웃었다.

"이렇게 좋은 햇살을 두고 가는 게 너무 아쉬워."

이모가 두 손바닥을 펴며 하늘 가득한 햇살을 담았다.

그러고 또 며칠 뒤, 꼭 2년 만에 아빠가 돌아왔다. 2년인 것을 어떻게 기억하냐고? 그날이 바로 내 생일이었다. 아빠는 몰라볼 만큼 야위어 있었다. 그런데도 아빠는 이튿날 날이 밝자마자 바로 갈대밭 머리로 나갔다. 순이 아버지가 해오라기가 되어 훨훨 떠난 그 자리였다.

"미안하네. 혼자 가게 해서. 순이 걱정, 동생 걱정 다 잊고 편히 쉬게나."

아빠는 그렇게 인사를 하고는 오랫동안 갈대밭을 지나는 바람을 보며 서 있었다. 눈물을 글썽이며 많은 생각을 하고 있었다. 나는 몇 걸음 뒤에 서 있었다. 내가 느끼기에는 너무나 지루하고 긴 시간이 흐른 뒤에 아빠는 천천히 말을 꺼냈다.

"순이 아버지는 참 당당했다. 모진 매질도 끝까지 잘 견뎠지. 불을 지르지 않았다며 끝까지 잘 버텼는데 검사가 어느 날 갑자기 네 이모, 이모부 일을 들이밀자 그만 살아야겠다는 생각을 놓아 버렸어. 죽어야 순이를 지킬 수 있겠다는 생각을 했던가 봐."

갈대가 서로 가슴을 비비며 흐느꼈다.

얼마나 지났을까. 아빠가 '끙' 소리를 내며 자리를 잡고 앉았다. 그제야 참고 있던 내 입이 풀렸다.

"아빠, 대통령이 물러나는 바람에 풀려난 거야?"

"아니야, 세상이 바뀐 덕이지."

"세상이 바뀌었다고?"

아빠가 나를 돌아보며 씨익 웃었다.

"백성이 자기 권리를 깨닫고 지켜 냈잖아. 이게 변화야."

"아빠, 세상이 바뀌었다는데 바뀐 게 뭐야?"

"아빠 얼굴을 이렇게 보면서도 변한 게 없다고? 한번 얘기해 볼까? 방화범이 아니라는 증거가 나오니까 다른 것으로 우리를 엮으려던 사람들을 다 물리치고 나올 수 있었지. 순이네, 그래, 신 소장도 다시 제자리로 갈 수 있었지. 이래도 변한 게 없다고?"

"그건 그렇지만 여전히 손 영감은 넓은 땅을 갖고, 많은 머슴과 소작인들을 부리고 있는데 아빠는 농사지을 땅도 없잖아."

"바뀔 수 있다는 희망을 얻었잖아. 변화는 조금씩 오는 거야. 조금씩, 조금씩 참세상으로 나아가는 거야."

"진짜 종만이 아저씨와 배 타러 갈 거야?"

"그래야지. 고래를 만나러 가야지. 넓은 바다를 거침없이 달려가는 그 자유를 만나러 가야지. 암."

개개비 암수가 알을 지키느라 부지런히 지저귀고 있었다. 그때 가까운 곳에서 '삐이이삐' 긴 휘파람 소리가 났다.

"어, 저기 까딱거리는 새 알락도요 맞지?"

아빠가 알락도요를 가리키며 무척 반갑다는 표정을 지었다.

하얀 점이 가득 뿌려진 진한 밤색 깃을 흔들며 알락도요가 빠르게 걸어가고 있었다. 순이를 닮았다. 가늘고 긴 다리, 겁먹은 얼굴로 종종걸음 치는…. 순이는 알락도요가 저를 꼭 닮아 밉상이라고 했지.

'보고 싶다. 알락도요 순이.'

하마터면 착하게 살 뻔했어요.

저는 어릴 때 어른들 말을 고분고분 잘 듣는 아이였어요. 시키는 대로만 하면 착하다고 칭찬을 받았거든요. 그래서 착한 아이라는 말을 들으려고 노력했답니다. 숙제도 꼬박꼬박하고, 정해 준 길로만 다니고, 기다리라면 이유를 묻지도 않고 그 자리를 지켰어요. 그래야만 되는 줄 알았으니까요.

그런데 철이 들면서 이상한 아이가 되었다는 것을 알았어요. 어떤 일을 만나면 우물쭈물, 주춤주춤, 머리가 하얗게 되곤 했지요. 내 생각이 없었거든요. 그야말로 시키는 대로만 했으니까요. 그때 나는 깨달았어요. 착하게 사는 것과 당당하게 사는 게 다르다는 것을요. 내 생각을 키우는 일이 나답게 사는 것임을 알게 되었어요.

착하게만 살지 말고 당당하게 살아야겠다고 다짐했지요.

요즘도 하늘을 보며 생각합니다. 내 나이만큼 생각도 자라고 있는가.

어렵고 힘들지만 당당하게 바른 생각을 지켰던 사람들, 오래전부터 그들의 이야기를 쓰고 싶었습니다. 가슴에 머물러 있던 이야기를 마침내 세상에 내놓습니다.

모든 사람에게는 자기 생명을 지킬 권리, 자유를 누릴 권리, 행복할 권리가 있답니다. 하지만 그런 권리도 지키려는 노력 없이는 가질 수 없습니다. 이 이야기는 소중한 권리를 지키기 위해 애썼던 우리 이웃의 이야기입니다. 나는 이 글을 통해 '우리의 권리는 어떻게 지켜지는가?' 이야기 나누고 싶었습니다.

고래를 기다리는 집에서 김 일 광

1958, 위험한 심부름

1판 1쇄 2023년 10월 10일
1판 2쇄 2024년 7월 15일

글쓴이 | 김일광
펴낸곳 | 도서출판 단비
펴낸이 | 김준연
편 집 | 이혜숙
디자인 | 김선미
등 록 | 2003년 3월 24일(제2012-000149호)
주 소 | 경기도 고양시 일산서구 고양대로 724-17, 304동 2503호(일산동, 산들마을)
전 화 | 02-322-0268
팩 스 | 02-322-0271
전자우편 | rainwelcome@hanmail.net

ISBN 979-11-6350-098-8   43810
값 12,000원